中国专业作家作品典藏文库

中国专业作家作品典藏文库

邹静之卷

爱也不易

邹静之/著

中国文史出版社

邹静之

目　录

第 一 辑

第 二 辑

第 三 辑

第 四 辑

第 一 辑

大　势

度人成空

去美术馆的路上，有位姑娘拦住了我，说这儿有几本能够认识人自身的书（瑜伽等），你是否有兴趣买下。先以为这是一种游击销售的方法，出于礼貌，随手翻了翻。翻过后告她，这些书不是我需要的。她说这些书并不像你想的那样简单，它能清楚地知道生命及周围的世界。

我说我恰恰不想清楚地知道生命和世界。我愿意懵懂点。我愿意保留那种喜怒哀乐的即时性。我不愿让这世界清楚地知道我，我也不太想清楚地知道这世界。我不想知道蚯蚓是种高蛋白食物，也不想知道彗星什么时候撞地球。我不想知道人什么时候指甲长得最快，也不想知道鸡到底有多少块骨头。我不是一个对具体事关心的人，我只想知道我活着必须要知道的那点事。虽然应该对生命有所了解，但我觉得那东西（生命）几乎不是我的，它来它去，好像并不曾与我商量。

说了这段话后，她说你这人真脆弱，你是个想把自己关在没有声音的房子里，不断欺骗自己的人。你不敢了解生命和世界是你害怕，你想像一个古旧时代的人那样，在宝贵的生命中，过那种茹毛饮血的日子。你以为你不知道这世界，它就会更亲切点吗？告你，正相反！你不买这些书可以，但你这观点真让人不能接受。

我们把一个推销活动，变成了一次街头辩论。我最后还是没买那书，不过有人来买了，不少是刚才的听众。

我走了，在路上想：我是否着实被人用了一下，当了回实在的"托儿"？

偶然的自信

"俄罗斯美术百年巡礼展"占了美术馆的上下两层。参展画家人数不是很多，我知道的名字就更少。一幅幅地看下去，感觉到一种自信中的偶然。他们对画儿的理解，显得更宽，就那么画了，没有沉重的含义，有种创作中的随意和快活。不想对别人说，只想对自己说，不强加给别人什么，很多时只展现出一种偶然。这话好像贬低了艺术的功用，但我的感受是，正是他们的偶然使那些画儿存入了更久远的时间。

文章千古事，想千古，大概要先把你的心放在千古这么长的时间中洗一下，你要筛掉一些东西，只留下一些本质的东西。时间与时段不同，物理的时间与艺术的时间更不一样。我们读着几千年前的《诗经》，就会觉出当作品进入到艺术的时间中后，它就不朽，就不消失，就千古，就不会被物理的时间和一个时段带走。

同时美术馆还展着几位中国画家的画，他们想说的太多，他们想把一篇文章写进画儿里，那些要说的话，甚至从画框边溢了出来。

易碎的宝物

明清官窑瓷器，真见到了，也不敢触动，是因为易碎。宝物都易碎，它们时时像在危难中，千钧一发。当一个原本每天用来吃饭喝汤、可以洗涮叠放的饭碗被冠以宝物的名称后，它对自己也变得担心起来，它身上的分量压得它时时想喊叫。

明星，过两年就换一拨，在发展中清醒的人并不多，大多不知所措。

你真的用手摸了一下那碗，它冰冷，和你平日吃饭用的碗没什么两样。你翻过来掉过去地看，觉得它就是碗中的一只，它是一只碗。这时如果能用它盛碗粥喝，你觉得它会变得结实、亲切。

昨天电视中的体育节目，介绍那位十九岁每年可以挣五千多万美元的台球明星。他说他几乎天天忙着去比赛、表演，回家后（与父母住在一起），母亲会马上让他把自己的屋子收拾干净，然后还让他干些洗碗或倒垃圾的活。

五千万美元，世界冠军，收拾屋子，倒垃圾，他不像个宝物，他也没把自己当成个宝物，他就不那么易碎。

春秋笔法

上公共汽车，站一妇人侧。嘭！她的自动伞开了。她对伞说："你倒怪积极，还没到站呢就自己开了。"放下手里的菜篮子，她把那伞收起来。收好后看着伞说："这新东西和旧东西就是没法比，旧伞吧，按三下都打不开，新伞还没按呢，自己开了。"先以为她要发新旧之感慨，做忆旧思甜的免费传道，再一想不像，她说了半天，说的是一段没有结果的话。

旧伞打不开，新伞不打自开，好像说的都是不好，做不好之间的比较有意义吗？

进办公室把这话问众人，有说她是在说新伞好（因新伞开关敏感），有说旧伞好（因前一刻新伞给过她麻烦）。想了半天，结论不是以上的两个。她字面上的意思是说两个东西都不好，但她用的是夸赞的语气来说的，像领导的批评艺术，也像一些春秋笔法的文学评论。

还像——昨天遇一离婚又结婚的朋友，他说这伞的比喻真应了他现在对新旧妻子的感觉。他说，与那妇人不同的是，他有了结论，打算再"换把伞"。问他怎么能这样呢。说怎么就不能这样。婚姻事与艺术批评、文学评论不一样，实在来不得半点春秋

6

笔法。

看 衣 服

服装店有很多模特，真人大小。它们站在那儿，在你回过身来时，差点撞进你怀里——吃了一惊。

那些有着冰冷肌肤、千篇一律眼神、穿着花哨的极为像人的器具，总是埋伏在重要的角落，让你吃惊。

模特没有名字，那些金发下的脸大多冷漠，更像表现着对服装的超然。它们的穿着你可以不错目地审视、评判、选择、放弃。看着它想着自己穿着这衣服的情景。一个时时想要有模特穿着效果的人，是个专心的买衣人。

那天你也学着别人的样子，在一个模特的后襟上捏弄了一下——是种探问布料的寻常手法。他回过头来（他竟然回头了），他和你都一惊。怎么搞的，为什么，没法分辨。

他笑了，说："这经历我也有，光看衣服，有时真假人都分不清了。"

他说的话真像警句，不过我知道这双关的意思是个偶然，生活中实在没有那么多深刻，尤其在服装店里。您别误解了这话有其他的意思，千万别。

灰色的逃脱

那日下雨。那日下雨时没什么情调。街道很匆忙，没有丽人忘带伞，也没有哪位小姐撩着裙子过水洼。那日下雨街上所有的等待都落空。

那日下雨公共汽车上人不多，她从这站上来，从另一站下去。你不认识她，你想认识，但你不知该怎么认识。你想这世界是被好多不认识的人组成的，这世界真寂寞。

她下车时另一个她换了上来，这真像是美的接力，你说天气好极了。新的她看你，脸上正有一滴雨顺着腮流下来。你心内大雨滂沱，那真像泪，天下的女子流的都是一滴泪。

你觉得应该发出点声音，唱点什么，有两句歌词你记得："灰色的坚持，灰色的爱与痴……"这词在雨天真准确，在这样的时刻，在这家庭样温暖的公共汽车中，你应该有所叹。你张嘴，你出声了，你不会唱，你要把它吟出来。你刚开口，旁有一小孩说了四个字"收费厕所"。他说了"收费厕所"四个字，那时车正从一厕所前过，那上边正写着这四个字，不知怎的就恰恰念出了……在这样温馨的时刻他说的是这四个字，把你的感叹打断了。

你决定离开，离开她，离开这个雨的早晨。你下车了，下车的一刹那，你想起歌词中还有一句是"灰色的逃脱"，这真准确，这真让人觉出"生活模仿艺术"。

一个强盗的话

夕阳照进来，在桌上的光是斜的，一天又将过去，此时的平静近于凝神。

小时读《高老头》，内中那个强盗说过一句话很感动我——
"我常问自己，每天早晨起来，是否比隔夜更有勇气。"一个强盗
的话这样动人，没有觉得有什么不对，巴尔扎克把那人写得很像
我心目中的无产阶级。

有关时间的话可能不会说得这么有豪气。寻常的感觉，夕阳
给人的是无奈和忧伤。

我今天的体会和寻常不一样。我干了一天的事，该做的已经
做好了，我变得很满足，踏实。我足足地过了一天，看着夕阳和
每天早晨的体会不同。

我觉得所有的早晨都像个张开了的空口袋，你不知道一整天
会有什么东西能装进去，那强盗的那种豪情其实是种茫然不知所
措的豪情。他知道每一天都将在不可预料中度过，像是赌钱，并
不能被豪情所左右。

我奇怪为什么今天会产生这样的想法。我觉出了时间带给我
的不同，有些话我已不敢说，有些话我已不相信。

白　纸

面对一张白纸，久久不能下笔，这种时候很多。这种面对，
像一个要去投胎的人，站在灵界的边缘，想不好该怎样地一跳。

想不好的原因，是他对那悬空的过程已有了预见，他觉得他
预见到的景象已不能引诱他从那么高的地方仓促跳下。他知道如

果那样做了，在半空，就会失去对目的的兴趣。

他不跳，那白纸越来越白，阳光照在上面，任何一点污迹都能将其坏了。这绷紧的紧张，如果写上一个字，就像一块石子砸在玻璃上，碎了吧！那些纹路像古人用来占卜的甲骨一样，现出凶吉。行吗？

行！就这么跟着走吧，一个字跟着一个字，开始像薄弱的棋形，而后才是大势，写出来了，纸上的白都被污过。

但心还未动，那一行行的字是他放出的仪仗，仪仗的开始还是别人的开始，即使铺天盖地，他也可以叫停，然后抛了笔，把有字的纸撕了，背过身去。

什么也没发生，要重新开始，还是白纸，比前一张更苍白，它的脸照着你时，有种无言的丧气。

白纸，它瓷一样地光滑。干吗不让它永远白下去？看着一张白纸，像面对一具白的人体，让她白，让她那么平放着，无动于衷，不想干什么，那样是白纸的悲哀，还是你的？

去投胎的人，他对白纸的恐惧已经被白纸读得一清二楚了。那些白纸即使落上文字，也有一种嘲讽，它说你没有真正地干过一次，没有人真正地干过一次。

秋天的新书

一个在旷野中行走的人像一个漂泊的人，这漂泊非常明确。一个在城市中漂泊的人却很难看出来。在众多的人潮中，你突然看见叶黄了，独独是你。所有经历过的叶黄日子，都涌进了心里，它们不清晰，但集结得一分一秒都不缺少。它们汇成一种感觉，人再多的街上也会有空旷的苍茫感，无依无靠。日子还得过下去，另一个叶黄的日子，在下一个街口。

你走进那家刚刚打开门的书店，看见一本新书，纸哗哗地响，那些文字跳动着，像一群鱼飞快逃散。油墨的气味在书紧闭时也散发了出来。这么多的书一本一本要被买走，更多的时间不被阅读，慢慢旧下去，残破，消失。但这本新书在这个黄叶的早晨是这么新，像专门等着你的安慰，像一个开始。

拿着本新书在秋天的城市中走过的人，他的镇静从脚步中看不出来。他一步一步地走，脚踩着落叶，他要穿过一条一条的街，到一个有窗有光的角落中去。他要去读书了，落叶纷纷，他的书比天地大。

分　手

分手大多在傍晚，也许杨柳依依，也许黄叶遍地。不过最好有夕阳在湖上，或在马路的尽头。说点什么，或什么也不说，转过头去，风吹衣袂各自走了，肩膀平端着。这时眼睛长在脑后，猜想她也许正回过头来看你。这时你骄傲，你觉得有种牵挂，一时还分不开。你猛然回头——什么也没有，她不见了，华灯骤亮，人流匆忙，再见不到她。这时你才有了一个人的感觉，孤独的感觉，真快，像一瓶酒，怎么摇再也流不出一滴来了（生活和小说毕竟不同)。

昨天一朋友从很远处来告我，说"我们分开了"。不知为什么用"分开"这个词，好像原来是合在一起的，是一个，现在分开了。是半个她和半个你依旧在这个城市拒绝着，思念着，仇恨着，怀想着。不知是什么滋味，大概滋味不好，否则他不会那么远地找来，告诉一个不太相干的人说"分开了"。

分开了比分手听起来更有一种残缺的感觉，那种感觉不在表面，在心里，在一个点和另一个点的巨大的空间。

改　变

改变生活的念头有时在一刹那。突然觉得这种生活不是我想再继续下去的生活，我不准备，不想跟着再走下去。不想平稳，或不想再过那种锦衣玉食、声色犬马的日子，就在那一瞬，把剩下的半杯酒往吧台上一蹾，走出去，走了。背一个行囊去山里、沙漠里，去零乱的港口，在异域的阳光下看风景……像位游吟骑士过种行吟的日子，有种自由的感觉吧。

我觉得人真正向往的生活，大概都与游荡有关。小时候对《西游记》《鲁滨孙漂流记》《海底两万里》的热爱，是本质上的热爱，实在是想去过那种生活——不断崭新的日子和相对孤独的自由，这真是生活的理想。

但几乎没有人能这样做，真有几个这样做了的人，全被看成怪人加英雄——他做了我敢想没能去做的事，他竟然可以把俗事都抛了，那样地走来走去。他干吗要那样，他走回来时好像并没有使自己增加什么，他这样做后悔过没有……

一个在平稳中生活的人，总是被游荡召唤；而一个真正游荡的人也许在梦着平稳。真正合适的活法有时很难找，也没有人能把生活过完全了，帝王也不能。过自己想过的日子，大概是最大的幸福。

女人老时

女人老时，最先的迹象是脖子，脖子上有了皱褶，像一把刀砍下去，把青春斩了。

看了不少的美容广告，不是经心要看，它们那么飘来飘去，就入了你的眼。一个人能美容美得自己都不认识了，是什么样的感觉？拿一双美容后的眼睛看自己，像另外的一个人在看你吗？

美容后，大概有一缺陷要表现出来——不自信。活了二三十年，你从没有对自己满意过，你对自己的五官很吃不准，如履薄冰样地过来了。婚结了，爱人爱你，你要换一个人让他爱，你换了，没想到是对爱人以往爱的否认吗？人可能因此而把事搞糟。

大概自信也是美容的一种，一个相信自己美的人也会感染别人，有时相爱的话语不光是对美的不厌其烦的赞美。真爱的话或许非常简单，就说"你真可爱"，这比那些赞美，是否更让人觉出亲切真实？

头顶是天空

住在楼顶，夏天很热，冬天风鼓一样地响。在寒热中，楼顶首当其冲，像受鞭刑的脊背。

好处是，不会觉出有人在你头上搅动那盆洗脚水；不会在深夜，被一串踩蹬的脚步惊醒。头顶就是天空，星月透过那层薄水泥板能看见你。

高处——一位从青藏回来的朋友说，在那儿他一个字也写不出来。那儿太高了，太清纯了，离天太近，语言太没有力量了。在伟大的自然面前，只有沉默……

他说的高处，我去过。在草地的深处，一位牧民不会主动说话，他的热情或善良都从眼睛里表现出来，在银白的雪山下，过多的语言使他不自在，使他的目光逃往天边。想到帕斯说过的话，"诗人倾心于沉默"。

沉默在那时超过言语，这不是艺术的手法，是力量，是老子说的"知者不言，言者不知"。

请还给我

昨天出地铁，听见琴声，是一个盲人在楼梯上拉二胡。他很投入，像在旷野中拉琴一样，对身边的脚步没有知觉。一些弯腰放钱的人也默默的。他的琴盒张开，里边有了一些零钱，各种各样的纸币也有一些。他不谢谢，他大概听不见纸币飘落的声音。他的琴声非常厚重，不像从那个简单的琴筒中发出来的，像他整个人的共鸣。

我转身时，听见旁边的男女在说话："还有十块的呢。谁要假装放下一块，把那十块拿起来，他也不知道。"

这是聪明人的话，聪明人不会被音乐轻易打动，他们常能看到生活的实质。我真奇怪他们为什么没有成为佼佼者，为什么还跟我一样来挤地铁。

没看清他们长得什么样，也没看清他们的穿着，不想看。在这样的傍晚，我对他们有怨恨，他们把我心里的琴声打断了。他们强迫我回到分辨中去，这是我现在最不愿干的事。他们使我在心中复述那段琴声时，总会看到有手在琴盒子里拿钱，这印象挥也挥不去。我实在不愿分辨好坏，有时它们那么让人无话可说，我只是想讨回一个原本很抒情的夜晚，就这。

远

远，这个字让人惆怅，读它时，心如一只鸟飞出去，转眼在天水一线。

远是无奈。下雨时撑开伞，想起南方的朋友——他病了，住在医院，没法去看他。远是这场雨的两头。

远不能接近，在达尔罕草原骑上最快的马，你也不能接近远——它就在那儿，在你最初看见的位置，看着你。这使人平静，知道了什么是局限。

远使得爱像一个人在赶路，她就要来了，在路上。她是期望，想念，不是耳鬓厮磨。

"远比远方的风更远"是海子的诗行，他连用了三个远，他给远以特殊的节奏。

远更像是一匹默默吃草的马，低头无言，是力量，永恒。

远不能被语言或荣辱伤害。

香烟与奥赛罗

写到要劲的时候，烟没有了，烟盒空了，习惯性地攥了一把——不是平时的那种空——还有一支在里边，在那个刚才我没看清的角落里，它在那儿，现在被揉碎了。打开烟盒看，已经烂得抽不成了。刚才我以为没有烟的时候，其实还有一支。在我突然意识到还有一支时，它瞬间没有了，是对忽略的惩罚。如果当时我仔细地掏一掏，现在就不是这种结果，文章可以继续，指间的烟可以继续。会是另一种现实，有些可能的文字也许就实现了。我失去了一个机会，改变了事物发展的进程。因为忽略，现在要换鞋，穿衣服，下楼……已经很晚了，我不知道在什么地方还能买到一盒烟。

那支烟确实不能抽了。

退一步想，如果我第一次发现烟盒空了后，再仔细看一遍，一切也许都能挽回，那最后一支烟给人的感觉大概是惊喜；再退一步想，我意识中的空烟盒，如并没有被我习惯的动作揉碎，过一会儿，倘若鬼使神差地我又去下意识地摸它一遍，发现了那支烟，那给我的感觉是不是狂喜（像戏剧中的安排）；再再退一步想，如果我捏碎烟盒的动作不大，像电影中所演的那种危机中的转换，那我在最后的一刻，会将势在改变的局面挽救回来吧。再再再……没有再，只有不再。

奥赛罗让苔丝德蒙娜再一次祈祷时，他实际并没有给她半次机会。甚至在苔丝德蒙娜的祈求下，也没给。他也就没有给自己机会。他凭着意识把一切打碎了。

所有攥碎烟盒的举动，都给了悲剧发生的机会，悲剧的关键就在那一刻——烟盒不是空的。

烟盒不是空的，是命运。

我 是 谁

我是谁？

那个看着树叶绿了又黄、听着风从窗口吹过的人，那个在街上踽踽独行、突然在月下若有所思的人，是谁？他像恒河无数沙中的一粒，微小，用思索才能抵达天庭。

能够忆起的旧事，像水流空后停下的金粒，有紧聚的质量和光芒。爱和同情，梦与牺牲，在时间中一个有信仰的人会调整自己对生命的认识，那也许很简单，就像雨滴瞄准着干渴降落一样。

17

雨滴又是什么，它不会消亡吗？从地上升腾到天空，又飘然而落，它朴素，它简单，它超过了永远。一个生命想把握的也许就是这。

花静静地开了，它的明艳使夜晚不再漫长，生命都有它灿烂的形式。当你真正注意它，催动它时，它没有理由让你失望。

我是谁？

一个不能从人群中分离出来的、有着相同面孔和眼神的人，体会过忧伤、梦着幸福、谈论过死亡的人，是谁？在某个早晨这样问着，在某一天这样问着，为什么是我而不是别人，我应该怎样，能不能如我所想。

也许可以重新来一次，高山降下的滑雪者在中途回望。假如可以重新来一次，在那个弯道我该飞快地转身，在那个小小的上坡我该用力加速，我该……总是在回首时看清了一切，生命并不等待。我不断地否定着我所想的我，越来越接近真实。是我，那个旧照片中的小孩看着现在的我承认了，是我。

让自己答应吧，在深夜，在一棵青草的面前，在广阔的雪原上喊一声，让自己来回答。自豪和沮丧都是自己的，像天空一样无法躲藏。

风停了，风放弃叹息，树在阳光下兀立，它的姿态多么坚定，像陷入思想的哲人。我是谁？沉静时也许这个世界中的事物都曾自问过。

大　势

棋枰上无子时，它的空是那样广阔，像人就要开始的一生，有必然，有意料，有无穷无尽的疑惑和犹豫。像一个巨大的时空，等着你去投胎，它是那样地不明，没有道路，每个交叉点是陷阱也是驿站。

是不知，从第一颗子起，就开始了对一生不断的逼问，是"栏杆拍遍"，是争取，是自己与自己相对的寂寞。像一粒种，落进春天的泥土，是信心，是发芽后的苦难和绵延不尽的可能，是等待秋天对劳动的验证。

啪的一声，落子。像空旷的宅院里住进了人，梦的故事开始了。你在局外，你在局内。你在高空像神一样地俯瞰——生死的演绎，世事纠葛。你编织故事，你加入进那些热烈的演出，你为自己上演着一部心灵的历史。你充沛的话语像独白滔滔不绝，没有轻浮的喜悦或简单的忧伤，有悲壮，有"慨当以慷"。

落有子的棋枰像一池清水，照出你——你贪婪，你狭隘，你无理，你懦弱无胸怀，你被那些黑白子描画着，你被自己描画着，清水中的你陌生且熟悉，无法遮掩，一颦一笑。棋之外的非分之想、得失之虑被黑黑白白地绘出来，你不是你想做的那个人，你要改变。

你该把心放进更广大的时间中去。你下棋，你下棋时整个世界都在下棋，大气在你胸中，那些神来之笔是大气凝聚在针尖上对你的触动，不是妙，是朴素，是温良敦厚，是不由自主的力量。没有输赢，只有术之不精，和境界的高下。一局棋可以不死，以不死的名局换千古。

那个对面而坐的人，不是对手，是当仁不让的修士，同你的辩解是天地间的辩解。他是神的代言人，他的面目是神选择的皮囊。你一生从没有与相同的一人而战，你只与棋下棋，眼里心里有棋无人。

最后的落子是呜咽，秋后的肃杀，你的生命被那些散乱的子收起，此时已成彼时。有段时间被关闭了，再进不去，棋枰空落，你起身，转眼间过了一生，这世界与你最初坐下来时，已有不同。

还 活 着

生活——这两个字如果慢慢说出来，会有点酸腐气，像黑白片中男女主角独白最喜欢用的词。"假如生活欺骗了你……""生活不是想象中的那样……"这类句子在十几年前非常流行。现在这么说的人少了，也许有过时的原因（我们某些时候要以改变用词来证明自己活得与时代贴近）。还有个原因，觉得"生活"这个词太大了，无从把握，说出来反而茫然。

我曾问过一个四年级的小朋友对"生活"这个词的理解，她说了两个字——"长大"。我问还有别的吗，她反问："不长大哪有别的？"她感觉的生活，是一个在前边等着她要经过的地方，她总要经过那儿，至于那个地方什么样她没想过，她觉得想也没用。我还问过一个二十多岁的青年，他说："我不想碰'生活'这个词，它也别来找我最好了。说句心里话，我想让时间停止，或者往回倒点更好，真要说生活的时候，大概就别说青春了。我还不到那个时候。"他理解的生活是责任，过日子，负重，他不愿意那样，他是一个读"青春大消费"那类文字的人。另一个四

21

十来岁的人说:"生活就是把一天一天加起来,然后除以想象,想象越大,你的得数就越小。"他有点悲观。他接着拿出一本杂志给我看一个危地马拉的农民说的话,那个农民说:"成功的定义是——还活着。"他说他有同感:"一个还活着的人就是最大的成功,别谈什么生活,说活着不是更自然吗?"他还说:"生活不是一个等着你去选择的大商场,它给你的东西更多是必需的。"他接着说:"你问我生活,不如问我今天干什么更有意义,我再也不会想那么远的事了。生活就是今天加上今天再加上今天……"他说得非常理直气壮,有过来人的沧桑感。

　　我问他一个只想着今天,不想再远,对生活没有想法的人,会不会去造假药,会不会欠着人家的大笔债,在饭馆大吃二喝,天天洗桑拿浴;一个有今天没明天的状况是不是很可怕;在"生活"这个词中不加进向往的话,我们会不会过得没有着落。他说:"会,但你说的是理想,不是生活。"

　　也许是我把这个词弄混了。

去意已决

　　我一整天都在拖延放那只鸟，该说有近一年时间，我都在拖延。它是一年半前，一个冬日的早晨飞到我家来的。鸟行家说它是长得好、叫得好的一只黄雀。

　　在放它之前，有一只买回来的小鸟，被太阳晒死了。刚过了中午，那鸟已僵卧在笼里，没了一点知觉。我不知它死前做了多么痛苦的挣扎。活活晒死，是经受炼狱的过程。后来我甚至怕看那笼子，这该说是太阳、笼子和我的一次合谋。

　　剩下这只唯一的鸟，骤然现出孤单，它很少叫了，叫也只是一种呼喊似的召唤。它目睹了那只鸟被晒死的全过程，它开始恨和恐惧，这比死亡本身留下的痕迹还要重。我决心把它放了，不能再看着一只鸟死去。

　　和家人说了多次要放，但总是舍不得让它就此一别。不知放了它是否能活，它是否还有生活能力。

　　终于要放走它了。在去威海度假的当天，我打消了把它寄养在亲戚家的念头，决心放走它。

放它的当天，我想用掷硬币的方法，来征求它的意见。我向这个有思想的鸟和可以转达意愿的神，公布了硬币正反的不同结果，然后，由女儿掷了一次。那硬币滚进了柜子底下，小心拿出，是放的一面。之后，我与妻子又分别掷了一次，都是放的一面，它去意已决。

一天中，它变得多语，在窗外清脆地叫着，像是最后的话语，直至傍晚我与女儿带它去了土城。

打开笼门，它只是站在门口探头张望。它在犹豫。我把笼子挂上树枝，它终于跳了出来。在一枝树杈上站着，用陌生的眼光看天空，看近旁的树叶。

我突然怕它有返回的想法，就把笼子又举到它面前，它进一步地跳远了，金黄的翎毛在绿树丛中，显得娇小而美。我涌起一股眼泪，像与一知己的分别（终归有一年半的相伴）。鸟叫了两声，然后在树枝上沉思，像在做最后的决断。女儿催我走，我不能，一直看着它。过了十分多钟，它忽地叫了一声，随一只飞过头顶的鸟破空而去，留下空树、空笼和我。

那夜它将独自抓紧树枝等待天亮，它能活下去，土城前就是条河，土城上布满植物。

它能活，当天夜里我坐在火车上，看漆黑的窗外时，感觉它在黑夜的平原上看着我。

山高水长

"父亲"这个词，像一副担子，你真要担承时，该先摸摸肩膀。

"养不教，父之过。"除生养、养育外，还要教，否则责任难逃。古人对责任的界限已经划清，这注定了父亲该有一张亲情的笑脸，一张施教的冷脸，甚至一张出外挣生活的苦脸。一个人，要扮这么多的脸出来，可见为父之道的艰难。

小时印象中，父亲常年不在家，那时搞矿山设计，要下现场，一去大半年，再回来时，已是临近春节了。看着父亲从提包中掏摸带回来的东西，是小时的一大乐事。大多数时我得到的是一双皮鞋或一双球鞋。鞋每每大，从未合过脚，等穿坏了，也许才刚合适。现在想，买大鞋是所有做父亲的心情——盼你快长起来。

父亲爱书法，退休后，每天都洗砚弄墨。把写好的字挂在墙上，无论谁来了都先看字，说好的多，也有说哪笔不好的。父亲听着，不加入自己的意见。1991年意大利要出本中国当代诗集，想用些汉字书法来装饰。那天，去找父亲，他正发低烧（父亲小病时从不躺在床上，他觉得一个人白天躺着，会使整个家都显出消沉）。以为写不成了，过了一会儿他从书房出来，已经写好了三幅，拿着给我看，说："没想到发烧时写的字反而比平时好了。"我知道他这话的意思，是怕我过意不去，以话来宽慰我。

书印出来后，一位久在国外的朋友看见了，知道那些字是父亲写的，来信说如何如何比书法家好。把这话告诉父亲，并不见高兴，只是指给我看，某处某处是败笔。那时我感觉到父亲传达出来的是胸襟的宽阔。

俗语是"慈母严父"。小时父亲管我常用的两句话是"不可玩物丧志""谦受益，满招损"。这两句话把我一生都给说准了——好玩，不自知，现在依旧会使我在生活中出错。"知子莫若父"，一点不假。所谓严父，我觉是当说时一定要说，不可姑息。话说起来不难，做起来并不容易。1969 年我要下乡去北大荒，父亲有天傍晚同我走了很远的路，除做人的一些寻常话外，甚至说了些男女交朋友的事。我至今很感念那一番话，倒不是因它给我带来了多大的益处，是一个父亲所表现出来的责任和亲情，我知道那席话从父亲嘴里说出来并不轻松。

小学时，父亲不大给我讲课文，有次，因讲毛主席诗词，而讲起了陆游的那首《卜算子·咏梅》。是个晚上，从"驿外断桥边"直讲到"零落成泥碾作尘，只有香如故"。我第一次感觉到了诗带给我的孤寂与失神，觉出了诗的忧伤带来的沉默。我也第一次看到了父亲的另一面：怜爱，多情，忧思。那天夜里我很久

26

都没睡着，那首诗长长短短的声音在脑子里回旋，一直是父亲的声音在读着它。

去年父亲病了，急急地去医院探望。躺在病床上的父亲，疲惫，虚弱。看见我来，还是现出一个笑，八十多岁的人了，依旧要强，不愿在儿子面前显出半点的软弱，不愿因自己的麻烦而让子女操心。那时我曾想过，想要做个父亲，做一个好父亲的话，那么你在这个世界上就不能有须臾的放松。

"养儿方知父母恩"，知恩的缘故是自己尝到了滋味。我已做了父亲，自审起来，既不严，也不慈，稀松平常。知道没能做一个好父亲，关键是再也没有了那种牺牲精神。时尚对责任的理解也不同了，我们对生命和生活的理解越来越具体，有即时性。我们对我们身后的世界想得越来越少了，对精神的要求没有对实际的要求更有说服力。我们也许把一种自私误读成了自由。

这时能有个父亲节，我觉有意义，也有意思。对我来说，这个节日主要是在对父亲这个名称做强调。我大概不能轻松地过这个节日，尤其在想起父亲和我之间的那些小事之后，对过这个节日有点心虚。

父亲现在依然健康，今年在我印象中是第一次给他过父亲节，我将送他礼物。

想起仙水岩

南北毕竟不同，车过徐州后，窗外的风景就少见水了，水牛也换成了黄牛。想起仙水岩那条悠悠的泸溪，云映在中间，山映在中间，你坐在船上，低头看水，脸也映在中间。一条水把风景都揽过来，摊给你看，那种睁开眼也像在梦里的感觉，实在是经历后就不会忘的。

近年兴旺起来的旅游，大多是城里人的事吧。一个久居闹市的人，每天与马路的脸、楼房的脸、机器的脸相对，自然想到山水间去坐坐，把时时揪紧的心胸放松一下，把混浊的呼吸透彻。抱着这样的心，远远地赶到那些名胜之地去，突然发现竟看不到什么山水，而总有一队队游人的脸来挤进你原本烦杂的心。去过几个地方后，你便悟出了"有人的地方没有风景"。

仙水岩是我四月由鹰潭回北京而偶然一游的，没想到游过后，便成了我此次来江西印象最鲜明的地方。现在想起那山光水色的气味甚至也可以回忆出来。越好的风景，被人带走得就越多，一寸寸地被收起来了，回想时又可一寸一寸地铺开来。

现在想起仙水岩，先是感觉到她非常地平易。风景山水如给她冠以旅游名胜后，如人戴了大头衔一样，就会端起架子来。仙水岩没有架子，朴素而天然：水边有树，树下有空舟，舟是木舟，用古老的竹篙来撑。你坐船游览时，会看到妇人在溪边捣衣，听见水牛在栏里大声地叫，一时不知身在何处。只有质朴平易的风景才能给人带来这感觉。那种被涂过无数次油彩的风景，是不会有时间感的。

再有仙水岩特有的崖葬，总会在山水之外给人以感悟，使仙水岩有种世事沧桑的深远感。能想到死后要在这向阳背风临水的地方安歇，实在是一种生的态度、生的境界。古人对时间之理解像是不可用死来划断的，这不是境界吗？自然风景中的人文景观莫过于此了吧！

有这两点，就不必再历数那天然造化的山水了，仙水岩实该一游，一游而不忘的。回京的路上两次想到了仙水岩，今夜记这篇文字时，看窗外，山光水色似又逶迤而来。

美及自信

邻居大妮，从小一起长大，未成吾妻，是因为太熟。熟则少了那种爱的神秘和陌生的牵引。

昨天上楼，与她相对在窄窄的楼梯，套句广告中词"本来是很浪漫的"，突见她泪眼汪汪，鼻息谨慎。忙忙殷勤着问：怎么了？说：没什么。又说：你没看出我有什么变化吗？说完"变化"一词，有丝笑从她那张苦脸上溢了出来。于是，细细地看那张原本熟知的脸。

"变化"一词太大了，很难历数，但还是看出了些不同，只是不知在哪儿。她深情地盯着我说：鼻子。

真是鼻子，那个我挺熟悉的俏皮的鼻子，现在升高了，直直地立在她的脸上。我终于感觉到"变化"这个词是多么生动。她问：不好吗？很想告她，把原来那个粗鼻子还给我。再一想，你已没了这种权利。大妮已名花有主，那人也许正盼着这样的一只鼻子回家。

"美容"一词的理解，我觉很多人有一个误会，以为必须要在身体的某些部位做些修改，而不是修饰。差了一个字，但意义和结果有本质的不同。

一个准备修改自己的人，除非她真有残损，有绝对遮掩的必要，否则她应该谨慎。

修改的起因是对自己不满意，对自己已有的美还觉不够（美在这些人身上显得那么没有边际）。她不知道，一个人的美并不是简单到一只鼻子便可解决的，她也不知道美不只是供观赏的，观赏与可爱像表面和神韵一样有着遥远的距离。她还不知道，茫然的修改会失去一种极可贵的美——自信。

（呀，你割双眼皮了，为什么？二十多年来，你对自己时时有着不满，你一直想换一种面目来和我们结交吗？而我们是多么爱你，我们从来没有认为你原来的那双眼睛有什么不好，我们习惯它的，一时见不到我们会想，我们知道那种眼神会带给我们思念。但你把它换了，你因缺乏自信而否定的不只是一双眼睛，你把很多时间都否定了，甚至是相知。）

如果美可以分成是脆弱的和坚实的话，我觉得自信最能给美力量。一个朋友写过他看一个残腿人跳迪斯科的文字，他从他那种自信、投入的舞蹈看到了一种高贵的自尊，当然这也许超过了对普遍意义的美的讨论。不过有一个也是眼睛的例子，也许能说明点什么——林忆莲是个小眼、单眼皮。她曾被那些有着普遍意义的美的演艺界人羡慕不已，以为"那才是性感"。

一对虎牙，一双单眼皮，总会在众多的美的相似中看出不同，看出个性，看出一种对自己的信任。那样的美除了真实不说，总会使人感到种亲近，一种超越时尚的美，绝不普通。

爱也不易

　　说爱当然不易，谁不知这爱一说出，就有种种责任事物加进感情之中，先要问自己能不能挺住。没结婚的就要想结婚，找个窝，挣套家具，金花银花地把新娘子娶过来。两人在一起要过日子，刷锅洗碗，吵嘴摔东西，忍受臭脚打鼾，生孩子洗尿布，相互提防第三者。所以说爱的人是很庄重，很严肃，很像上刑场的样子（电影总是那样，感谢伟大的导演和演员们）。结过婚的再说爱就更麻烦一些，他先是要对前一次说过的爱做个否定，这否定不好做，要顶住群众的压力，领导的压力，父母的压力，原来那个海枯石烂心不变的誓言的压力。要想到漫长的时间，流泪的辩解，涨工资提级，每天愁容满面的表情，真到了绝处还得想到白刀子进红刀子出。所以这类人说爱时更惨烈些，准备跳火坑的英勇样，往往愈加感人。

　　当然，爱不好说还有其他原因。想了很久，非她不娶了，过日子，不再独立，所有的苦难准备忍受。那天就相约了，相会了，花前月下动情地把那字说出来了。以为会打雷会有雨，没

32

有，天晴着，她沉默着，以为她感动得不知所措，没有。抬头来告诉你，她还没想好，或干脆地告诉你，她觉得不合适，就此别过了，做个普通的朋友吧。一个字把生路断了，再想挽回都没了机会。这爱字有时真不知该说不该说，什么时候说。

爱有时又是被逼急了说出来的。你看我怎么样啊？挺好的。我不漂亮，嘴也不甜。有人不那么认为。你怎么认为的？你漂亮，贤惠，让人迷恋。可你从来没说过。啊……我不大会说，其实我心里万分地爱你……好！皆大欢喜，回家一想，这话有点逼供的味道。

其实不说爱，又何妨，满眼的爱递过去，又满眼的爱送回来，一张脸像写满了字的情书，读也读出来了。相爱、相守，就把这生命想得很短，总会白头到老的。一辈子没说，做了一辈子行动的巨人、语言的矮子，实惠，不讲形式。想想，悲剧倒不是悲剧，总觉少了点浪漫，他一腔的爱要人猜，到死了也没吃准，心里是否就我一人。

话说到这儿，那位说，你把爱说重了，这东西就该像名片一样地发出去，敢想，敢说。想那么多情感以外的东西干吗，爱是很难碰到的，碰到了就要抓住，当然，也可能抓错（抓错也愿意）。你可以爱，也可以不爱，可以此时爱，也可以彼时不爱。不爱了就是不爱，不爱了装爱是天下最大的假人，爱装不爱是天下最大的假人。当然这世界有时丰富得让人爱不过来，那也比满眼秋风让人觉得生死不分要好得多。我爱是我的事，她可以不爱我，但这绝不妨碍我爱她，绝不妨碍我一辈子爱她。没有结果的爱不是悲剧，让你这辈子有个林妹妹、贝阿特丽彩、夏绿蒂一类的人惦着，一辈子都有滋味，强似那情感之湖中没有波澜地活了一生。爱其实很简单，像个钩子，关键是你除了往这钩子上挂感情外，还挂了许多别的东西，再好的钩子也受不了。不过话说回来了，别的东西该挂哪儿我也不知道。

总有说不清说不圆的地方，三毛说："爱不可说，一说就错。"今天我是大错特错了一番。

大师当年

　　曹雪芹当年也这么走，出西直门，过高梁桥、头堆、大柳树、黄庄、海淀、厢红旗、正白旗，到家了。打开院门，掸了身上的浮土，净了手，去了头上的帽子，再自己动手沏壶茶，喝着和家里人说：城里的西瓜上市了，看着贵，没买。

　　而后才是擀平了纸写字。他也不总熬夜，过的是"举家食粥酒常赊"的日子，没钱买灯油。他也不是作协会员，不知道有诺贝尔文学奖，也没学过文学概论叙事文的三要素，就是心里有话想说出来。见过钱使过钱的人，一下子苦了，苦明白了，想把原来的糊涂抖落干净，抖落下来了一扫一本书，得，传出去吧。嚯！不得了了，子弟们看了说是风月，先生们看了说是警世，庙堂之人看了说是历史。正有那些读过点书，上不能出谋，下不能出力的人看了后，说可找着饭辙了，哄吧，先把这本书映得让人看不懂了，再哄点坟地旧居类的新闻，求它个日日新的效果，可以出有车食有鱼了，一本书养了几代人。这就是大师，写出的书自己养不了自己，能养八竿子打不着的人。

你成吗？

　　早听人说你也写点东西，写什么？有没有藏之名山，传之其人的心？没有？凡说没有的，全有。有也没关系，真想有就得先饿着，别想温饱了。有钱了就俗，懂吗？为富不仁，懂吗？有钱了不如有闲，有钱为钱活着，有闲为自己活着。人容易吗？别的不说，就这认字得认多少年啊，认全了，去大书店大图书馆一看，嚯！这么多书，道理故事讲海了去了，真轮到你说了，你能说出什么来？呕心沥血，把血吐一地，你能吐出什么新鲜玩意儿来？歇菜吧你。想传之其人，不给你动宫刑你就写不出像样的文章来。还惦记出书啊，我早给你断下了，这世界绝不缺你那一本。

　　怎么办？想让我指条明路？行，告给你听。也别从西直门往正白旗这么来回走了，也别提《金瓶梅》《红楼梦》了。西瓜上市你吃西瓜，白菜上市你买白菜，冷了晒老阳儿，热了打扇。也别吐血，渴了喝水，憋了撒尿也别下定决心，真要想写点东西，就当成是闷了自己逗自己玩，这样或许的，可能备不住难说保不齐你就能成……

　　什么？这话是害你？真是不懂好赖话，你什么人啊，我犯得上害你？

一只土碗

对旧东西的喜爱，先是因为一种闲——处江湖之远，不忧其君。这世界于你，或你于这世界都少有那种忙的要求。能吃饱，有衣穿，时间偶尔没处放，又极不想去街上看人，去夕阳柳梢下看爱情。想把寻常看惯听惯的场景声音撇远点，偶尔拿起件旧东西——宋代的一个土瓷小碗，人家送的，突然觉得有种宁静传过来，有多少时间从这碗沿上流过去了，想着黄庭坚、李清照、陆游那些大诗人，这碗虽小却有大盛放。

说"三十岁是个讽刺的年龄"，意思是三十岁了，大概什么都经过了，看着那些年轻的人还在爱，在追名利，总觉得有点苦味的轻蔑会在嘴里嚼嚼。满世界变得不伦不类，所谓三十而立，只是对那些少有的成功人说的，于大多数人，三十是个尴尬的年龄。

能看着一只碗发呆，大概总该过了讽刺的岁数。一只有年头的碗，它主要的表现先不是形式上的价值——青花？窑变？官窑？民窑？它最本质的表现该是时间——有形的时间。宋朝，这么远的时间跟你有了联系，通过这只易碎的碗，一千多年前的时间拉住了你的手，你对有形的时间不得不有了敬意。况且，它那瓷的性质，真是含有种薄冰般的坚强，一千多年它完整地过来了，容易吗？一个对旧物喜爱的闲人，他内心更有对时间的尊重，他所尊重的时间是那种可以走下去、传递下去的时间，不是华威先生说的"我很忙"。

翻译家傅惟慈先生最近一直在集外币，说可以省了些世俗之争的心，躲了那些人事的烦恼。着啊，有些时间是要躲的。否则一个人，脚不点地地就到了头，像是被一些不属自己的时间绑架了。

话再往深一步说，一个喜欢旧物件的人也并不一定就是个闲人。郑振铎（西谛）先生对文物的收藏和爱，使其文学史学方面的成就更加辉煌。那当然不是普通的对旧物的爱了，与闲人也不可相提并论。

我仅有的一只土碗，不是什么名贵之物，只是喜欢拿着看看，与人闲了看缸里的鱼、盆里的花没什么两样。稍有不同的是，只觉这旧物在我诸多的家什中像一个时间的通道，使我这简陋的居室与遥远的岁月有一点点的联系。这联系套用现代气功的一句话是它有大时间的气场，这气场会让我在某种时刻沉默，平静。

异样的平常

今天是初一，下午，家里没别的人。我打开电视：一个中年人站在废墟上对两个小孩说"这是原来的修道院……"；另一个频道，一位妇女边包饺子边说"感谢……"；再一个频道是沙漠中的赛车。

初一该是不寻常的一天，一年中的第一天。现在它已经过了有一半了，我没能从身上焕发出异样的感觉来。

我不能看电视，听音乐，我不能让它们占据了我一年中的大多数时间后，在今天还要来占据我。我也不能看书，再好的书今天读都不合适，不能读弗罗斯特的《雪夜停马在林边》，那虽然是首冬天的诗，但它太凄凉，别的日子可以凄凉，今天不行。今天自己对自己该说："过年了，恭喜！"大声说，在房间里喊。

我也不能盘着腿坐在沙发上独自喝酒，那很有点为自己渲染的味道。不管是渲染热闹，还是渲染孤单，都没必要。一个四十岁过了的人，还要摆出一副自己跟自己凑热闹的架势，会被暗中的自己讽刺。这种事不会再干了，有人来凑热闹都常常走神。

我也不想现在走出去，找一部公用电话给认识的人都打一遍，向所有的人说一句相同的话。那句话在电话里说，千山万水，人更远了。不说没什么，心里想着吧。

初一，一个人，最小的单数，一个人加上一天，还是一，这个一很坚定——初一。

我不想嗑瓜子，我也不想把一套只穿过一次的新衣服拿出来再穿一次。

我把过去的日记本翻出来看，1969 年十七岁去北大荒记的，有关劳动和一个少年人的忧伤。那时没想到过会有一个现在的自己。

想起那些过过了的初一，大多混淆记不清了，能想起来的有几次都是自己过的。热闹的都给忘了，孤寂不容易忘。

我忽然警惕起来，要靠回忆过去的初一来过今年的初一吗？这感觉真像那些再没有爱的人，翻起了老的黑白照片。我还真不想就这么承认了，我应该自己乐乐。探头看窗外，天已经黑下来了。

看过许多大师写过"新春试笔"类的文字。他们在大年初一还要写东西，是别人想听他们说话。我的情况不同，这一天要过去了，我还没有找到一个想来跟我聊天的人，真来了，我也不知道该跟他聊什么。

初一就这么过去了，它与初二、初八、初十可能不会有什么区别。像平常日子样地过节，我曾这么想过，真这样了，心里觉出种异样的平常。

魔法黑布

　　一样的阳光，三月十六日上午，在阳台看见的阳光，与我千百年前祖上看见的阳光没有什么不同。光是斜的，冬春之交，暖而安静，被她晒着的感觉像给了你一个透彻的大梦。想起很多在这种阳光下的事情，甚至看见了一个古人在这样的光中睡觉，眼睛被一只袍袖遮住，脸朝向天空。

　　阳光下闭上眼睛，那耀眼的亮就到心里去了，温暖四散，血流着，汗毛像山顶的树一样摇晃。春天——这两个字一出口，就惊动了屋顶上的鸽子，它在光中飞行，地上的影子，像把裁纸的刀。

　　家谱中记着，江西之前，是东鲁世家，明末避乱离开。

　　不知在什么样的天气中走的。若在阳光灿烂中告别，那阳光就该是黑的，尘土扬起，回路隐去。从山东到江西，大片阳光下的土地上，一队什么样的人在走，车马疲惫，食物干硬如铁，那主事的人看着远处的眼睛，是否像古塔上悬着的空窗。

　　仓皇的心打动此时，一个四百年后的人想起这些，像是与先人在相互瞰望。他看见的情景什么也挡不住，一样的阳光中有多少确切的事情可以传递。

……他们暮宿江边，看着夜鸟掠过头顶，江上清风把一片开阔的水缩成一滴泪，垂上衣襟，滚下去，敲响故园。

什么样的船将他们渡了过去，大水滔天，"山东"在他们嘴里已变成两个读不出来的字，家在天边，在一次次的回望，在炉火熄灭的地方……

遮天蔽日，时间像魔法的黑布，偶尔掀起露出的东西，是必然。

一样的阳光，三月十六日上午。

昨天，父母来电话，说这两天搬家已经定了，那楼四月就要炸掉。

旧居，在阳光中，碎为齑粉，童年碎为齑粉。这个城市对我来说已不完整，我将怀念那楼，那楼也会怀念我。像山东老家的那口井，四百年了睁着眼睛，等后人去看。

第 二 辑

水和短视

一个收废品的人在十一月五日中午的阳光下，把收来的一堆废纸箱摊开，用三塑料桶水分别往上边浇着。他在一幢十六层大楼的空场前认真地干着这活，看到他这么干的人大概不下一百。

开始，不知道他为什么要这么做。后经人点拨知道了，是为增加废纸的重量，三桶水都浇完后，这一大片纸壳会增加二十公斤左右。

他干这活的时候，是那么坦然，像农民在一块地里撒粪或治虫。他像一个打开机关给人看的魔术师，告诉一种能把水变成钱的戏法。

没有人从这十六层中的任何一层下来指斥他。我也没有。我坐在二楼的窗口，想象着等会儿跟着他去废品收购站，告诉将要收他东西的人，那些纸箱壳是湿的，里边掺了二十公斤水……

我知道，我只会这么想想，不会那么做，犯不上。他的坦然也像是种安抚——这没什么，这不像造假药会害死人，这事现在多了，谁不这样。

下午，去农贸市场买猪肝。上好的一副肝，鲜活地在秤盘上抖动，付钱时觉得重了些，贩子说新杀的猪，能不重吗？

说得也是。

拿回家后，总觉得水淋淋的，新鲜得让人有点迟疑。破开后，按电视上所教，贴一张薄纸在上边。过一会儿白纸被水淋淋地揭了下来——这肝注过水了。

关键注的是什么水，阴沟里的脏水？也许不会那么伤天害理，是净水吧。用什么注呢？从医院垃圾堆中捡来的废针管？从艾滋病人身上拔出来的废针头……

这副原本是上好的猪肝，为了增加它的一点利润，现在不能吃了，全废了，现在它像一块病摊在面前。

在一天中，我遇到了两次利用水来牟利的事儿，我没有愤怒，没有愤而起之，跑回农贸市场去把那根秤杆撅了。我平静地坐着，把那副猪肝从垃圾道扔出去了事。我对我的平静生出种疑惑和陌生来。习惯了吗？这习惯的背后是什么呢？

对短视哲学的容忍和协助。

我无法下个结论，说我们正生活在一种短视的哲学中，这应该由更有理论权威的人来说，但我确实看到了很多这样的现象。

造假药、造假货的人，他们从来想的就是今天蒙骗出去了就是今天的胜利，明天怎么样不管；欠账不还的人想着钱可借来了，花吧，还钱根本就不是我的事，想还钱干吗，过了今天再说；偷大街上井盖的人绝不想两块钱的井盖可以造成两万元的医疗费；盗割通信线路的也只是想着那些铅皮可以卖几百块钱，没

46

想到过几千几百万元的损失和死刑。

如果说这类的短视还有着蒙昧无知的原因的话，那些出版错字连篇的字典辞书，出版靠书名封面来骗得一时得手的垃圾货的商家们，他们的短视就让人觉出绝望。写一本书"披阅十载"的事哪儿还有啊。

我从没有去现在极流行的微缩景观看过。花几千万，乃至上亿的钱去建筑一些模型，可以说是伪劣假冒旅游点的代表，是在建筑中短视哲学的急迫表现。一座园林，或一座建筑，怎样才能成为古迹，怎样才能更长更久地占领时间，这必要通过艺术家和建筑家的身心、功夫和它本身的独创性（十月，我去巴塞罗那，看到了高迪的建筑"神圣家族"。大家在上届"世界杯"该对它已有所熟悉。这座宏伟华丽、充满梦幻的建筑已建了一百多年了，还没有建成。它绝不偷工减料，它精心下的功夫，使每一个看着它的人都会觉出震撼，觉出它的力量。现在巴塞罗那的人已把它看成自己城市的象征，它带给这个城市的福荫将是长久的）。我相信那些花了巨资建筑的微缩景观类的大沙盘，过不了多久就会被人唾弃，它不是艺术品，它甚至不是一个像样的赝品，它永远成为不了古迹。总有一天它会被当作垃圾处理掉。

现在我要说到我自己。我知道我正在被这些短视的哲学所浸润。尤其在生活日新月异地压迫你时，你会失去一个长久的打算。你觉得任何坚持都该是明天的事，你幻想能有个可以使你平静生活的局外人的角色等着你去扮演。当这些不能实现时，你便开始放弃，你找来很多很多轻松的理由（这些理由在夜晚梦醒的时候，是怎样地折磨过你呀）。你在这种矛盾中不知所措，怕见朋友。

生活总还可以过下去，而对自己的坚持总会带来种喜悦吧，这喜悦不能靠手段来获得，只有走下去，默默的。

不过这沉默不应该包括今天所看到的两起对水的利用，对短视哲学的习惯。这比对它的实施也许更为可怕。

闲人说闲

买东西，卖东西，除货的斤两计较外，嘴皮子上也有计较。所谓漫天要价，就地还钱。这一来一往中，也有那买卖没成，仁义就不在了的情况，卖者滔滔，买者怏怏。最后，东西没卖出去，卖出去一堆话。

北京人卖东西，卖的东西再小，架子不倒。倘他卖喂鱼的鱼虫，那架子像是个八旗贵胄在行善舍粥，用抄子在那只大盆里一搅，说："来！多给。"听着不像是求你照顾他生意，像他费心来照顾你。要真买了他的东西，他边给你倒，边有一些话免费送你："吃去吧，没了再来，认识我了吧，天天在这儿，放心……"话不错，就是使买者少了点做主顾的感觉，反要唯唯诺诺，千恩万谢，东西买了，消费的乐趣一点儿没有。

下次许就不来买你的了。找可以花钱，也可以买回点优越感的外地小贩去，挑三拣四，颐指气使地真当一回主顾，买了东西，也买回份好感觉，像是双重的享受。在家受再大的气，出了门可以从买东西那儿找回来，也不失为一种城市人的精神疗法。

北京人做小买卖的少，大概有一点原因，就是东西也能卖，但很难为主顾提供精神治疗，所谓态度不好是此。卖东西的也有怕的人，怕那种百般挑剔的，怕那些言语犀利的，怕税务局的，怕工商局的……这些都是明怕，想得出来的。还有一种人暗怕——闲人。闲人有的是闲，没的是钱；他在你面前蹲一个小时，为的是把闲花出去。他对你的货评头品足，什么都不买，招一帮人看，他不走你一桩买卖也做不成。这类人在北京的旧货市场最多。

昨天看见一人，在水碓子旧货市场转。先是看古币，一册册地翻过来，然后问，有"秦半两"吗？卖主说没有。再问，有"康熙背台"吗？卖主还是说没有。正常的买主大概要站起来走路了，他不。说连这钱你都没有，摆这摊还不够吆喝的呢。卖主说就是挣个玩的钱，没想着发财。这卖主是个精明人，说了这话，再说什么，都不应了。那人看着天还早，闲还没排遣出去，又转。

一个卖玉石的摊儿，是个少妇看着。有些岫玉的生肖坠，摆了两排。他拿起这个放下那个，问都有什么属相。回什么属相都有，您什么属相？他说我属驴，你这儿有吗？话听到这儿，就看出这闲人的无赖相了，以为那女子必要吃亏，一番语言消遣怕是躲不过了。没想她回答说有。他问在哪儿呢。那女子说在我们家树下拴着呢（精彩!!）。这话说完了，有一分钟的静场，那闲人摆弄玉的手就有点拿得起放不下了。话是他挑起的，结局是他着实地败了，无数双眼睛如芒刺在背，想消遣别人，倒被人消遣了，这话怎么说的，闲出事来了。灰头土脸，走。这是昨天，在去邮局的路上闲看来的事。我也是个闲人——"你站在桥上看风景，看风景的人在楼上看你……"

现在有一流行词——休闲，代表一种时尚。休闲鞋，休闲服，休闲旅行，据说还有"休闲族"一词。想人一生有那么多的闲要想办法去消解，这生命就有点长得不耐烦了。对休闲没意见，去蒸桑拿浴，去唱卡拉 OK，去泡茶室，有闲自然要去消遣。但是"闲"这个字不是想休就休得了的，要看有没有一份闲心，像那位似的，想着消遣别人来排遣自己，最后是闲未去，愁反生。这类闲人该不该算是闲人呢？大概不算。再想，那穿上休闲的全套行头，拿了架子准备了去闲休的人，看着也觉忙。

闲人买书

一个人在西直门桥下卖旧书。那个地方卖鸟的人特多，其次就是卖假古董的，卖书的很少。

他打开的一本书，是一个叫佛印的出家人一半印一半抄的《金刚经》。那本书的装订不是我们寻常见到的，一边钉了有书脊的那类。它像一个大册页，正反地叠起来，两面都有字，小时我有过这样叠法的连环画。卖书的人说书有六十米长，正面是印的，反面是手抄的。六十米长的中间有几段朱笔的眉批。我读了一段，是对"空"的理解。并不是自己的心得，说的是佛门套话。我问价钱。说三百。我说不值，这东西对谁都没用，学经的不学经的，搞版本的或搞民间文字搜集的都不会要这本书，且抄得也不好，生疏得很。卖书的人听了我这番话不生气，他按商家"挑毛病的才是真买主"的信条，和蔼对我。问那您打算出多少钱。我说不要，多少钱也不要。他没想到我是个闲人，又拿出本小册子来，他说这是最原始的私塾中先生和家长的联系本。说着翻给我看。中间没有很多的文字，后半本全是红印盖出的格式表。内容大体是年、月、日、读、背、默、品行、奖、罚等等。这小册子很旧了，倒还完全。搞不清是什么年代的，卖书人说是清末的。我觉得大概是民国的。拿过来翻看，想找出老师和家长相互间的对话。没有。那些背默、奖罚后边没有文字，也没符号，是个新手册，从没有用过的。这让人有点扫兴，现在它就只是种形式，只能告诉你，某年就有了这么个形式，再没别的。问他多少钱，说一百五十块。我还没说话，旁边一个看了半天的人把这册子接过去了，最后他们一百块成交。我没想要这个小册子，我没有搜集这方面东西的必要。

买了小册子的人走了，开了张的卖书人有收获后的高兴。他即时地把那份高兴全给我了，一边揣钱，一边问我，您要什么书，这儿没有家里还有好多。看来他藏了不少的书，拿出来卖也是为了以书养书。

我说藏书未必就是功德。他说那怎么呢。我说郑振铎（西谛）"一·二八"以前积多少年的收藏，装了十几大箱书存于上海商务印书馆，内中多是书之精品，尚有传世孤本，结果"一·二八"一场大火全部烧光了。倘这些书散落在民间，也不至于几十大箱精品集中起来，一朝化为灰烬。这样的例子也不少，藏书楼失火的事听多了，藏来藏去反而藏没了，这能说是功德吗？再说书是为了看的，真要到了收藏的份儿上，就难得一见了，书失了看的目的，还有什么用。

听了我的这一番话，卖书的人觉得话是极不投机，刚才开过张的喜悦也没了。盯了我一会儿，突然说，我看你这个人是个擅于诡辩、本末倒置的人。郑振铎藏书有什么错，你不说扔炸弹的日本人的错，反而嫁祸于藏书人。再有了，各藏书楼之损失多为战乱，你不说战争之罪过，反而说藏书人的不是。看你像个读书的，其实狗屁不通。

骂得痛快，我觉得他跟我争论的命题略有不同。不过不管有什么不同，我都不该再说什么了。转身回家，闲人不遭人恨，怎么是闲人呢。

抓偷未获

把那些菜淋上些水，去了黄叶子、泥皮，干净了，就抬起张旧脸来吆喝着卖。他们手上没茧，脚上没有牛屎，菜不是自家种的，常用的话是"新上的"。不用"新摘的"，也不用"新鲜的"。

有位卖萝卜的哥子告我，买蔫萝卜不糠。问他道理。说一蔫就缩紧了，里边不会有空，保准不糠。理是不错，只是在糠萝卜与蔫萝卜间也难抉择，为了不糠，买一干缩蔫萝卜回去，也不是目的。起身走。

这一起身，起出一件小事来。这事现在想起也像是假的。那位说自己都觉出像个假事，还说什么。想说，当个假事儿听吧。

一起身，一回头，右手拎着买好的羊肉和藕，正看见他从一辆自行车筐里，抽了那选菜妇女的皮包，转身塞进怀里。

那场面像惯常的影视画面，看见了也怀疑不是真的。他穿着一件黑皮夹克，矮壮。他看我的眼睛犹豫而坚定。包在他怀里，黄包，在他的肚子上鼓着。

嘿！……我喊的是"嘿"。为什么喊嘿，现在想大概这个字声音集中也嘹亮，有惊讶及号召别人快看的意思。

一声嘿有什么效果我不知道，接下去张开手臂，扎个拦截，捕捉的架势是顺理成章。

他在我将要抱住的一瞬，把那只包从怀里抽回，摔在地上。嗵的一声，我听见一声，他在我低头时，从左边切过，像只黑影，他的迅捷似不经思想，连贯流畅。我反手抓住他领子，皮衣领子，看见那条奔跑中的脖子青筋毕露。一挣不开，二挣未开，我抛了羊肉，他突地一挣，开了，他离了我两只伸出的手，飞跑起来。他在人群中穿行，我追，他横跨过一个菜摊，又一个菜摊。我喊，我在菜摊前大喊。他回头看了我一眼后消失。

他像个胜利者，他最后的一眼有一种嘲讽，他在消失的前一刻还整理了一下衣裳，像班师的军队整理旗帜……

我回头时，人们短时间中把看青菜的眼睛转向了我，像检阅一次失败。我那时很难走回到那块半途抛下的羊肉前去，为了找台阶，边走边小声说了句："没人帮我。"有个人大声说了句："不错。"不知他的不错指什么。我到羊肉跟前时，有个比我青春的小伙子，手扶着自行车看着我说："我以为你们俩闹着玩呢。"精彩！这话说出后我灰溜溜的地位确立（事后我对这话做过判断：先一点这人是个不败的角儿，偷也好，抓偷也好，都有败的时候，说这话的人无论谁败，他不败。当然，不仅不败还要显出是个可操胜券的角色，我心中原也极愿做这种人物的。闹着玩——再没有什么话比这更能消解你了，你的行为像个大玩笑）。

羊肉上有土，要洗过后才能切。那妇女走过来，说谢谢。我想了想，回了句多注意。这话有一半是对我自己说的，我突然失去了那种买菜的轻松感。

回去的路上，我看着左手是空的，它的力量不够，没抓住已抓住了的东西，他跑了，在那么有胜机的一刹那。我想如果我能及时地踹他的后腰，像身手不凡的豪杰一样，那我就不至于在这么好的春天中沮丧。我不行，最大的悲剧是我曾以为我行。

回家和夫人讨论此事。她有三点见解：一是包没偷走，算个不坏的结局；二是不可怨人没相助，那么快的变化，一般人反应不过来；三是那小偷还算不坏，没反诬你是偷儿，如这偷儿与你对喊起来，就衣貌上分，想大多数人会以为真凶是你（这分析使我惊讶，这分析在以后的几天中，勾起我心里千百次的感激。我也对自己在人眼中的形象有了进一步的了解）。

问萝卜买了吗。说没有。说满街都是蔫萝卜，没法买。她说你这是气话。说不是，赶巧了。这话中的双关的意思真是赶巧了。

进来三个人

　　进来三个人，两个穿得厚，一个穿了件黑背心，他们的穿着在这个大楼里都不合适。这是座堆满了纸的大楼，纸可以换钱有两个途径，一个是印成书，一个是卖破烂儿。这两种途径大楼都做（有做错的时候，把破烂印成了书，把能成书的当破烂儿卖掉）。一些和纸打交道的人，脸色和纸接近，本色偏白，也分光滑的白和粗糙的白，克数（重量）也不同，都是纸，有的翻起来有哗哗的响声。我是那种又薄又脆的纸，甚至不能完整地包一件东西，写钢笔字洇，写圆珠笔不大爱着水。

　　那三个人进来时，我正在一大堆纸前忙着，是日常的工作。大概情形像你见过的分鱼或择菜的那种活，留一些放一些。他们走进来使那个夏天的中午更热，穿背心的人身上有明显的汗，穿厚衣的两个人平静一点。他们进来后就说你好，我推开纸站起来也说你好。我们握手，他们严肃地坐下，黑背心给我看一卷浸有汗的文字。他写得挺普通，写马，写天空，还有一首是写厕所的。说留在这儿吧，写上地址，有消息再告诉你。他写了一个很远很远的地名。

他写完地名并不想走。他说能不能现在就定下来。我说不行。我说尤其是我不行。他说他们在北京打工，被河北工头骗了，想回家，没了钱，身上再没有东西了……他话外的意思我听出来了，是想拿这卷诗换一点钱。

拿诗换钱，这想法听着让人觉得像古代，像苏学士画扇面、舒伯特写歌付酒账的一类传奇。我惊讶之余有一点点的感动，我有很酸的一面，我对认为诗歌还有价值的人有明确的好感，视其为知音。想想吧，一个抛家别路、潦倒他乡的人，排出一卷诗来，做最后的出让，那情形是否有末路英雄的悲怆感。

黑背心对我好感的话语表现出一种冷漠，我知道他需要的东西，那东西恰恰我也需要。但我心里稍有明白的是，那东西绝对不是用诗来换的，尤其这个时代不行，谁也不行。萝卜能换，白薯能换，诗不行。诗能换命，但不能换那东西。

我开始从理论上来开导他，我说了很多不着边际的话，他耐心听着。他希望我在话语的最后，有一个物质的高潮。他的耐心使我大汗淋漓。我无法借机逃走，有三分不忍，再有我的那些大话也把退路堵死了。我不知道怎么做才能使我们双方都满意，那个上午是热透了。

想起了在货车站工作的胡胖儿，打电话说要介绍三个人去当装卸工挣路费。胡胖儿说来吧。高兴地写条子让他们去。黑背心并没有显出一点高兴，他的冷漠使那两个厚衣人都现出了歉意。他走的时候把诗要了回去，他骨子里的傲慢，让我在那一天都不知所措。

　　我想也许我错了，他对诗歌的尊重，何需我置喙。他拼到最后的一刻准备把诗交出，竟没有交出去。那个说了很多对诗歌赞美话的人，其实是个认为诗歌一钱不值的人，他怎么能把这诗交给他呢。

　　这事真让我不快了好几天，这不快无法驱散是因为我觉出了，你每天面对那些纸张，你就永远是个欠账人，不管诗如何，你冷落了那些严肃写作人的精神。你无法逃脱这结局。

过 大 年

　　北京对过年原有段极朴素的歌谣："过年了，过年了，姑娘要花，小子要炮；老头子穿新袄，老太太要吃糕。"词句简单，大概出自那些王婶、李奶奶的口。话虽不多，但还是透出了非常淳朴的喜悦，而且说得也完全，老少男女、吃穿玩戴都说到了。旧日月里平民过年，大概也不外乎此。

　　过年，想想最像是长时劳累、压抑、不快后的一声大叹息。终于可以有理由放松、放纵一下，天大的事也没有年大，先过了这几天再说。平时舍不得的，今天舍得；平时不做的，如抽烟喝酒，今天也不妨做做；平时有诸多的不快今天都不提了，日子像是进了另一个轨道，每个人仿佛都没有不快活的理由。想起日本民俗中的一句喊："过年了！户户点灯！"真像是句口号，节日的口号。

　　过年其实不是时间带来的一种必然，细想是人本身对生活的要求。凡生活总免不了平淡、劳累。找个理由全天下的人一起乐乐，让那种气氛把生活带出种别样来，大概是人类共同的要求吧。

过年先一个高兴的是小孩。欢乐许是人的本性，孩子对气氛有超常的敏感。他们看出平时严肃乃至严峻的大人脸上有了轻松；街上人多了，寻常的日子有了一些积极，他们对食物和穿着的要求会得到满足，一些玩具意外地送到手上。他们不会对这种少有的现象无动于衷，他们用真正的高兴来回报。其实节日的氛围有一多半是孩子们营造出来的。那些很慈祥的长辈总爱说，过年实在就是为了孩子们过的。

想想也是，人长大了，吃好穿好已是平常事，真过年了，倒没了小时的那种热情。又要过年呀，转眼一年，今年没想出与去年有什么不同呀，平白的岁月流过，喜兴中反而生出些伤春悲秋的冷漠来。成人过年，高兴之余总有些东西放不下，且年的内容又是那么不易改变，所以过年也能过出点别种滋味来。这也是经历过生活后的一种滋味，是一年一年地尝过，一年一年地咽下的滋味。再没有比过年时更能觉出岁月的无奈了。

说到过年的内容，想想这些年，再看看左右，大致不外乎一张口、一对眼、一双手（耳朵因禁止放炮可忽略了）。所谓一张口，是要吃好，家家最忙的是厨房，油烟四起。平时也并没有饿着啊，那也不行，不弄一桌子菜叫过年吗？弄了这顿弄下顿，非吃出一种餍足来，才是过年。一对眼，是要看电视，这也是新时代的一项内容，一年一年地看了，这时还要大看。看完了说没劲，也看。把欢乐都寄托在别人身上，少不了要觉得这几天像找不着自己了，不看出空落来也不算过年。一双手不是普遍——

62

1994年除夕深夜回家，静静爬楼，听楼道里搓麻将声此起彼伏，想那一双双手就这么摸来摸去，把那些骨牌摸起来又丢下去，一块一块地丢了初一丢十五，也是一种过吧，年下来最累的是手。

不想这么过，该怎样？昨天一写诗的朋友来，说去年春节在三峡，爬山，一座座的岭过，看风景，人也仿佛被洗过了一次，没想到过年，只感到那几天的日子真是不同，惬意得让人怀恋。是种过法，没丢什么，倒像捡了不少。也有过年为了一件事而忙碌的，写篇长文字也好，盖间小厨房也好，觉着倒把年过出平常日子了，只要自己愿意，也不算辜负了那几天。

年到底要怎么过，这最是不该由别人胡乱置喙的事。充实也罢，空虚也罢，都要自己高兴是第一。不过社会发展了，精神要求不同，高兴也就有高兴的品位。所谓大乐还是自己的乐。那位说真有平常心，不过年也可以高兴。真这样倒少了过罢年后的萧瑟感。年还要过，怎么个过法想的人越来越多，除了高兴外能过出些不同来，谁能说不是件快事中的快事呢。

今年是猪年。有种民间年画叫"肥猪拱门"，是个吉祥的画儿，充满对新日子的美好等待。猪在民俗里是个财富的象征。村里人家，到了过年，家里门上贴春联，猪圈也贴红纸，写上"肥猪满圈"四个字，有求财的意思。农户人家有一圈的猪，那日子就有了一种富足感，怪不得一些存钱的扑满也做成了个猪的形状。

猪除了结实、憨厚，也还有个懒的形象。如果用猪来暗示，富足和懒就有了些矛盾，俗话是勤能富。依我看猪年，或真有个

63

富足的征兆，但当真要等着肥猪来拱门，这样的美事，不知于别人如何，于我是不敢想了。到了知道一是一、二是二的年龄，猪年也并不能比别的年有理由来坐等，否则真来拱门的就不知道是什么了。

我们那儿有山

报上说，北京开得火火的加州牛肉面大王餐馆，加州并没有。说加州仅有的几家牛肉面馆也是华人开的，原也是以中国风味相号召。中国风味开回中国来，该算认祖归宗，不知为什么反挂出异地旗号。

为赚钱。兰州加州只一字之差，倘若两种面品质无甚差别，那兰州面只能卖个老牛的价，加州是个小牛的价。一个字差出半头牛去，如此，与其"兰"何不"加"乎？

也有顾客的原因，求新，求特别。一样的面，名字不一样，就能吃出不一样的味儿来。"二嫂，是不一样啊，人家那牛不知吃什么长的，老的地方也老得那么有味儿。""是啊，四妹，从美国到这儿有多么远啊，人家这牛备不住还坐过飞机呢。不一样就是不一样啦！"面吃了，汤也喝光了。这时，你若多事过来告诉两位，牛是昨天从京西刘家汤锅上拉来的，那你就是一个最不懂性情、最煞风景的无趣人。好好的，干吗呢！

肯德基后，麦当劳、比萨饼（必胜客）都进了北京。其中后

65

一种名声稍逊外，前两种都声名日噪。比萨饼之所以不畅，大概有一原因是中文译名翻得不好。必胜客——先使客人有种没吃就败了的感觉，再有名字也不够异域化。饼哪儿都有的吃，吃不出外国感觉来我吃你干吗，觑贵的。

电视上演了一个关于希望工程的专题片《圆梦》，讲肯德基员工把平日资助的穷困山区失学儿童接到北京来玩的事情。十几个十来岁的农家孩子排着队，好奇惊恐，陌生地在街上走着。他们看到了楼房、玩具、电梯、筵席、弹簧床……在一个大商场里有三个小女孩在看着一个金头发的布娃娃，她们眼睛里现出深深的陌生，透出了一种悲凉。她们看着，绝不用手去触摸。她们知道那东西像梦，和她们真实的生活没关系。

晚上吃饭，城里人摆出那么多菜来，像要借着孩子们的咀嚼来品味平日自己很少感觉出来的一点点庆幸和优越。没想到，孩子们对白米饭的迷恋超出了鱼肉，他们就着一点点的青菜，一碗碗地吃白饭。问怎么不吃肉。说肉不好吃。问你爱吃什么。说山药。问平时在家有肉吃吗。说没有，一年只吃两三次。

城里人想得到的一点优越，失落了。孩子们不愿回答这类问题，他们的自尊埋在骨子里，他们希望得到的尊重胜于怜悯。

当然他们非常需要资助，问出门家里给带上钱了没有。说带了。带了多少钱。十元。这些钱准备买什么。不买。为什么。钱是向邻居借的，回去想再还上。一个要借十元钱让孩子出门的家庭，他最不会传给孩子的就是欲望。当一个商场送给孩子们一个小绒布玩具时，十多个孩子都表现得非常矜持得体。他们接受了，但他们知道不给他们，他们同样感谢。问想不想在北京生活。说别的同学来也来不成，看看就行了。

原以为从那么贫困的山区走进繁华，会对他们的身心有损害。没有，他们平静得不像一个十岁的孩子。问离开北京后，会不会想。说不想。问北京这么好，有高楼大厦公园商店，干吗不想。说我们那儿有山。

为她的回答感动。我们那儿有山——是精神，是贫贱不能移。没看到她受伤害，自己反觉出疼来。贫苦显出的平静与坚定，使一个原准备怜悯别人的人反过头来怜悯自己了。我们那儿有山——你也能这么说？

你不行，你干过把兰州换加州的事。你真想说我们那儿有山时，变得万分胆怯，什么样的希望工程会来救你？

吃　喝

旧北京对做古董生意的有一句话是：三年不开张，开张吃三年。说的是这路买卖客户少，利大。对卖副食的也有一句话：没有不开张的油盐店。大概意思是油盐店总有买卖做，与民生有关。

旧时大栅栏那条街上热闹归热闹，可是很少见排队买东西的景象。去瑞蚨祥买布，伙计在外边恭候着呢，进门先让座儿，喝茶。要什么布伙计楼上楼下地跑，搬过来让您瞧。合适了，给您扯了拿家去。

也有排队的，一个是同仁堂药店，有人排队等着抓药；一个是豫丰鼻烟铺，有人排队买鼻烟。"清代三百年间，北京人士有一种特别嗜好，为全球其他各地所无者。嗜之极为普遍，无论贫富贵贱无不好之。视之极为重要，有类于饮食、睡眠，不可一日缺。其事为何？曰：闻鼻烟是也。"（赵汝珍著《古玩指南》）

现今，抓药依旧要排队，鼻烟却没有了，去古玩店转还是空无一人。

西直门外，榆树馆街新建了一溜房子，招牌是"工艺品市场"。内中十室五空，不空的几家都做的是旧货古玩生意。瓷器字画，珐琅古钱，旧书契约，青铜木器。小的挖耳勺，大的三开的红木衣柜，无所不包。看见过一张婚证，民国时期的，白纸黑字，无一丝喜气。不知被这张证明牵到一起的两个人是否幸福，其中故事必多。

旧东西像具体的时间。曾在一朋友家摸过一只汉罐，感觉似我去了，也像它来了。那只罐子成了连接两地的通道。

有副于右任的对子：苍松爱晚翠，柳树发新芽。不知真假，卖主开价三千。想如是真的话，该不止这价吧，现在一万多一幅的字，琉璃厂有。

市场内货多人少，守摊的人都坐在走道上喝茶闲聊。有个人说到现在的吆喝："连三分五分的冰棍都听不见了，卖西瓜的就是个哑巴。"年轻的问："过去的卖西瓜的怎么吆喝？"学了："蜜蜂搭错了窝，吃哎呗。一尺二的块儿啦，吃哎呗。真正的沙瓤脆——呀！"

唱得好，有腔有韵，那词尤其好——西瓜甜不说甜，说蜜蜂搭错了窝。不着一字，尽得风流。再听又唱了几个卖肘子肉、跟头菜的段子，腔好，词却没有这般生动。

听完了旧吆喝接着看古董，便有了今夕何夕之叹。这些东西终归要消失，按赵汝珍对好古玩的人下的定论是：一要有闲，二要有钱。这两样东西现在如鱼与熊掌似不可兼得了。有钱的大多无闲，而有闲的又没有钱。三十年代胡适先生还可高喊整理国故，现在若要喊这么个口号，大概也要先问自己是否有闲，兼而有钱。否则饿死事小，吹牛事大。

市场逛完了，脑子里还想着那句西瓜甜的比喻，以为夸张变形还在其次，这完全不合常理的想象，实在生动准确得紧。想对西瓜的描述大概无出其右了。

一脑子里想着西瓜，到了瓜摊就想买一个回家。挑好了上秤时，看一个东北老客正蹲在地上大嚼。问他甜不甜。他抬头回："这老头，往瓜里打了糖精水了，吃吧！"

又是一句好话，干脆，利落。虽没有蜜蜂搭错了窝来得含蓄，但也不失生动、现代。

瓜买回家了，破时，也盼着能说出一句什么来。破开了看，是生的，万幸。否则吃着甜瓜话说不出，那瓜就能吃出别种味儿来。

下午到傍晚

他们要请我吃饭。他们说可能应该口袋里还有钱。他们拉我。他们真是纯朴极了。我说免了吧。我说咱们真的很投机不在一顿饭上来日方长我今天家里有事改日吧。他们拉着我的手不知怎么放下。我就说了些别的话然后告别。走出很远时还看见他们在挥手像电影上演的离别那样动人。我觉出了他们是真的我有点假。

钻进地铁，站台上的人都在朝一个方向看，那里灯亮了，车开过来。一个胖姑娘推开我，先挤上去，车厢里一个胖男子迎上来，先冲她笑一笑，然后接过她的包，俩人握着一根栏杆说话——累吗？不累，今天组长没来……

车开了，身旁站着个高瘦女子，墨镜顶在前额的上部，金项链套在高领衫的外面，腰里有个带液晶板的 BP 机。她在读一张报纸，有则标题是"衣冠快车道"，还有一则是"假如我去擦皮鞋"，还有一则是"丢了什么"。她发现我在偷看她的报纸，瞪了我一眼，她的眼睛加上头顶的眼镜，使我觉出有点像众目睽睽。

我偏过头去。她放下报纸按了下腰里的 BP 机，液晶板上有一行字——八点前不回来就别回来了。她看完那行字后又瞪了我一眼。她干吗老瞪我，她不知道刚才有好几个人要请我吃饭，她不知道好几个人喜欢我。我根本就不是她想的那种人，我只是读了几行文字，我只是看见有字的东西就忍不住地想读。她那样瞪人，不知对八点前让她回家的人是什么嘴脸。

眼前坐着的男士手指上戴了个又大又重的白金戒指。男士旁边坐了一位老工人，蓝帽子黑脸粗手人造革黑提包，提包里有空了的铝饭盒。老工人在读一本书，武侠。老工人读书的方法真怪，眼镜拿在手里，眼镜腿那一面朝向书，他的眼睛在一尺开外通过反的镜片在读书上的字。他那样拿着眼镜在书上照了一行又一行，然后翻页，然后在广播说公主坟车站时他收了书挤过去下车了。

出了西直门站天很黑了。一个人走过来在我耳边说了句发票报销。一个人在喊一个叫张仁发的人。一个人在用电喇叭广播赤峰长途。一个人截住了一辆面的说香格里拉司机说不去。

我找到自行车。我骑上自行车。我过高粱桥过娘娘庙想起有两封信没寄。我到邮电所门口时自由市场早散了。有个很小很小的小孩坐在邮电所的黄灯上摆弄菜叶，她认真地把菜叶叠成一沓一沓的，竭力要把那些菜叶装进一只塑料袋。问她几岁了她不理，再问她几岁了她还不理。她爸爸骑着三轮车过来了，叫她小河，叫小河回家了。她还不理，直到把那些菜装好。问她爸爸她几岁了。说三岁。问天天干什么。说跟我卖菜。告他这真是个好小孩，现在这样的小孩不多了。她爸爸笑了，又轻轻喊小河走吧。小河站起来，拎着一口袋菜叶走出黄灯。

我把信发了。邮筒里的信刚被取走，那两封信落进空空的声音里，要等明天早上了。

农 家 饭

　　新玉米上市五毛一斤。大马车拉来了，哗地卸在地上，有好多人上去挑拣。连皮五毛？连皮五毛。桃才五毛一斤。那您吃桃去。今年桃不甜。还是的！什么也赶不上新粮食好吃，土里长出来的，老阳儿晒出来的，间过苗，除过草，等长熟了一个一个掰下来，装上车，赶牲口给您拉到脚跟前来，您说五毛值不值？值。还是的，挑吧，没一个孬的，这是粮食！五毛啦，五毛！鲜棒子五毛！

　　棒子，玉米，玉蜀黍。唯棒子这称呼最觉亲近，小时上自然课，对玉蜀黍这一称呼最想不通。先是并没有觉出它有多雅；再一觉得它比另外两个名称多了一字，反而累赘；又一这名字似不能通用，任怎样你也不能到粮店去对人家说，买半斤玉蜀黍粉。穷酸且事小，被人听不明白，还得改口说，师傅来半斤棒子面。徒费精神。

　　玉米吃法颇多，蒸、煮、烤、剥粒儿炒、爆米花、磨粉蒸窝头、贴饼子、熬粥，各种吃法无不可口，只是三年困难时期窝头吃多了，玉米才在人心中失了地位。窝头大都和咸菜搭配在一起，显示出生活的最低标准：小子你再不老实，让你吃两天窝头咸菜去（蹲监狱）。1958 年有一首童谣：吃窝头就咸菜，省下零钱买公债，不买公债大坏蛋。也是要求人们以最低的标准来活着，想着国家。

北京现有一中高档饭店专卖贴饼子咸菜、大葱蘸酱。说生意好得不得了，顺了每日里鱼鱼肉肉、吃遍四九城的老饕们的心。素一回吧，也算怀怀旧，慈禧当年不也吃过窝头吗（栗子面的）。

我去吃过一回。东西做得细，气氛弄得像吃山珍海味，失了那种吃农家饭的朴素意趣。感觉那些贴饼子端上来，似原本健康纯朴的村姑被涂了一脸白粉，怯怯地东张西望，失了自信。

那顿饭真是吃得不伦不类。

我想要真有心享受一顿农家饭，先得扛一把尺多长、六寸宽的大板锄去地里铲一下午草，前有主人跟你聊着农事，后有黄狗蹿来蹿去地来回跑。干完活，回来用晒热的井水光膀子擦通汗，坐下喝碗绿豆汤。而后女主人把在大柴锅里炕了一上午的新玉米面贴饼子给你端上来，一碟子面酱，一束园子里刚摘下的小葱，外加一碟腌芫荽。不用筷子，拿手抓着吃。不用"你吃你吃"地死让，吃出声音来也无妨。吃到一半，再上点洗净的白菜心儿，也蘸酱。粥是二米粥，小米黏米，有绿豆更好。最后，弄两条顶花带刺的黄瓜，捋吧捋吧就吃了，爽口。饱了后，移了座位到枣树下去，抽一袋旱烟，喝一壶小叶茶。看着星星出来，月牙在云里走，风从庄稼梢上吹过，闭上眼睛不知今夕何夕。

这是理想中的农家饭，真想吃一顿其实不易，要紧的是那颗心先是没有了，谁还会以为这是乐趣呢。

吃饭的礼仪

听朋友在吃饭时讲 H 国的吃饭礼仪。大概是，每道菜上来，先敬最年长之妇女，而后是年长男子，再后是客人（倘有客的话），其后按年龄长幼依次下传。每道菜如此，一顿饭吃下来，像读了一遍家谱分支明细表。

这种吃法确实很有规矩，有秩序，但大概吃不痛快。想一道菜上来先看人家吃，然后人家看着你吃，再又去看人家吃。看的时候比吃的时候多，那只肚子怎么能痛快。倘不幸，余生也晚，陪以末席。菜来了，先看，看到自己手上时，熘鱼段变成了熘鱼骨，葱爆羊肉变成了汤汁葱皮，一盘盘下来都是这等的有名无实，最委屈的是没吃着什么还浪了个吃饭坐席的虚名。这种规矩不讲也罢，尊老有加、爱幼不足还在其次，把个吃饭弄得像开国务会议了。

吃饭没规矩也不行。吃菜吧嗒嘴，喝粥吸溜水，一味地挑嘴争香，长幼不分，主客不分，这种吃法也照样使人不痛快。吃饭的规矩大概是既有统一意志，又有个人心情舒畅为好吧。

1971年在北大荒六团加工连，吃饭有规矩，吃饭前也有规矩。先在宿舍前排好队，齐步走到食堂，在食堂门口再整一遍队，不论冬寒（零下四十度）夏暑，刮风下雪，都要有一个人起头唱一支歌，才能进食堂去吃饭（此规矩发明者灵感大约来自饱吹饿唱）。如果仅仅是饿唱也还好，苦在严冬时又冷又饿，在风中先灌一肚子冷气，进去再吃什么也觉不出香来。倘那支歌长而又长，那你这顿饭没吃，鼻涕就先流出来了。

吃饭时不能说话，由一人在食堂中央大声朗读《兵团战士报》上"扎根边疆六十年，海枯石烂心不变"那类文字。这些高扬英雄主义的文字，在兵团战士稀里呼噜的吃饭声中，响亮地回荡。二百多人的吃饭声和一个人的读报声，交织在一起是种极怪的和声。在这种和声中吃饭的人都想快吃完了走，读报的人也想快读完了吃。就那样吃完了，肚子里除了土豆汤、馒头外还有一堆窝在心里消化不了的文字。那种吃饭实在是件迫不得已的事。

从B国回来的朋友向我介绍，B国人吃饭非常简单，大多数时只吃一个菜。问其原因，经济因素还在其次，关键是天主教徒把好吃看成一大罪过，一个好吃的人必下地狱（这也许是老外食文化不发达的原因）。他说他请过B国人米家里吃饭，那些B国人吃得那么尽情、彻底，使他一时对自己潮而又潮的做饭手艺无端地自信乃至骄傲起来（他补充说主要是为中国的食文化骄傲）。在B国延宕了两年，乍一回国竟有些不惯。车到满洲里，看到满街都是饭馆，每一个馆子里都是满满的人在吃着、喝着，嘴上是油，桌上是骨头，脚下是汤汁。整条街像个巨大的胃在吞着，消化着。他一时把原来对食文化的骄傲换成了疑惑，乃至悲凉——生活怎么只是挣钱、吃喝呢？干吗把那么多钱都用在吃上了？干吗不去旅游，不去听音乐会，不……他说得慷慨激昂，使得我短时间内对自己一年来吃过的稍好一点的伙食做了深刻的反省。我很犹豫地说了一句，民以食为天嘛。他说，不错，但那个食不是锦衣玉食的食。说得干脆。他挟两年来没吃着什么好东西的身份来说这些话，让咱们感觉到自己很对不起他，罪孽深重。

问他：那么 B 国吃饭有什么规矩吗？回：吃得那么简单还有什么规矩呀，吃饱就是吃好。问：他们不请朋友吃饭吗？回：请也只是在家里，一两个简单的菜，随吃随盛，吃吃，聊聊，啤酒不敢想（要美元）。问：有没有接风、洗尘、过满月这些说法？回：一概全无。问：是不是觉得这样很好？回：很好。

鉴于此，只有向他明说。原准备好好吃一顿，为他接风的，现在看来街边一碗牛肉拉面比较恰当。他听完后深悔不已，一番议论该在吃过饭后再发的，怎么饭前就冒出来了，口舌误人，口舌误人。

回国了怎么能不讲规矩，不吃呢？

会餐的精神

　　电视里的节目主持人，邀了几位贤者在讨论市民买汽车的事。真好，像盛夏里的一缕冷风吹得人心里凉凉的。坐汽车真好，冬天是暖的，夏天凉快，窗外的气象与车内无干，大可做一个"社会的观望者"。倘与朋友别，手握过，头一缩，关门哗地开出去，稍一眨眼它都拐弯了，也少了踏歌与折柳的种种麻烦，留下不多的一点点烟尘和汽油味，让你不合时宜地想起个词——绝尘而去。

　　电视里那贤者算了一下，大概某年后，有百分之某些人可有自己的某种车。这话实在如大旱甘霖，使那晚无事来串门的刘小乙掰指算了数遍——先是某年并不远，足可以熬到；再就是某种车无所谓，关键是自己的；唯一拿不准的是那个百分之某中是否可以将自己划入。如有幸，托先人之福，划入了，一切的一，一的一切就都不是问题；相反，你不在册，也要相约了似的陪某些人熬到某年，这日子就过得有点无趣了。大家都要被一辆车划出界线来，没有也罢。

79

前几年，好像一种论调是，自行车将是城市交通的方向，种种于环境于交通于身体的好处遍说不尽。真要把这个自行车改成汽车，那种狂喜大概要使一些只有范进神经水准的人犯痰厥。一千万人的城市把车都开出来，等红灯时大家尿急了怎么办（可能会有带厕所的汽车发明）。其实是瞎操心，就现在来看，你大概到某年也不会有大的起色，买汽车中的某些人你可能会认识几个，但你不是。

　　那位贤者大概也不是，因字幕上隐约说他是某社科院的，现在说社科院的有一民谣："远看像要饭的，近看像捡破烂儿的，一打听是社科院的。"大意是说搞社科研究的人大多还处在"安贫乐道"的境地，真要到亦富亦仁的状况还要些时候。贫穷已是很不光彩的事了，在贫穷之余想一想五年内会有一辆汽车，相对来说要光彩一些，也算是自己对自己的希望工程吧。

　　写完这篇文章，看到余华的一篇文章《希望与欲望》。他认为"希望"一词"应该是纯粹的理想，是精神领域中的寻找和要求，而欲望是来自物质上的欲念"。按他所说，我原文最后一句，用"希望"一词是极为不妥了，因为汽车这东西说破了天也不能算是精神领域内的。我又不大愿用"欲望"这个词，虽然汽车是"来自物质上的欲念"，但"欲望工程"这个词用起来太可怕，也有悖自小所受的精神教育。怎么改颇踟蹰。再想汽车是物质的不错，但我对汽车之想实在像只停在精神上的——如常人说的精神会餐。这样看，用用"希望"这词是否也勉强。

通用价格

北京有句俏皮话：腰里别耗子，假充猎户。说那种欺世盗名的人。我喜欢这句俏皮话，生动准确在其次，这话一说出眼睛里就能看见——胖大汉腰中别一小鼠，昂首挺胸，俨然猎户（解珍、解宝的同行，只不过有打虎的，有打鼠的）。这话有意思，准确形象是一方面，还有一原因是，这类人你不时能看见，看见了再回过头来琢磨这话，就不免在人前莫名其妙地笑，莫名其妙的笑在诸多笑中实在是最开心的一种。

那位讲话了，打虎的算猎户，打鼠的不算。谁立的这规矩？现而今虎没有了，打两只鼠，以求存"猎"之名，有什么不好，管他打的是什么呢，是个活物就行。原来打鼠尚有个"除四害标兵"的名分，现有这名分不时兴了，暂归到"猎户"这名下也不能说十分地不准确。最多是个大小多少的问题，是个度的问题，不是本质原则问题。没什么可笑的，笑人者自己最可笑！

想想也对，他终归是有所猎，小是小了点，寻常是寻常了点。人家在深山老林里打窝下套，你在自家床头也举着扫帚等了

81

一阵；人家要泼了性命放枪动刀，你也有过几下挥手踏脚。再就收获而言，是都有所得。他的要几个人手举肩扛，这边也要用两根手指拈起才能别到腰里，差别唯此，为什么偏他是猎，而我不是猎？

看来这句俏皮话要改。腰里别什么假充猎户才更准确呢？腰里别 BP 机？不妥，真别 BP 机的人就不充猎户了，充经理。不过经理实在没必要充，人人可为之呀。真到了不必充的境地了嘛，干吗非得别个耗子，什么也不别，说什么是什么，信不信，先自己信了。俏皮话就不俏皮了。

这次去南方，得一人的名片，正面大多是文人虚衔，背后有行大字：相当于正处级。这类名片实可玩味，想起金融中常用一语——相当于美元××。人自然也该标个通用价格，否则难免有人（抑或自己）把你看轻了。

旅　　游

　　天热了，心浮气躁，你突然对这个城市生出些厌倦来，对那条街，那幢楼，那个办公桌，那种格式一样的纸张都厌倦起来。你想离开一阵，恰好你有假，也攒了点够坐车吃饭的钱，你准备出门，像好多人说的那样去旅游。你找了地图册来看，去山，去海，去湖，抑或去高原，都该去，没有不该去的地方，但那要充分的钱和闲，在这点上你不足为他人道。于是割爱，只是去看看海吧，让她来清洗我吧。

　　选好了地方就定日子买票。风风火火地去了，汤汤水水地回来了。这社会已经完全失了情趣，对旅游这么高雅的事竟没有一点反应。那个卖票的地方不送出半条人命去，你根本别想接近窗口。真拼着命杀过去了，一句没票又把你打发出来了。从那个时刻起你意识到了这将是一次艰难的旅程。

　　你终于想起一个人来，你买了烟去找他，你向他昭示了你这次出游的重要，你甚至回忆了你们小时一起撒尿和泥的情景。他被感动了，花三天时间为你搞到了张硬座。那一刻真可以用兴高

83

采烈来形容你，你甚至都嗅到了大海的气息……

你没想到火车可以装那么多人，你被各种各样的身体包围着。大家互用脸上的汗和脚上的气味影响，热烈而亲切。你渴，没水。你喝了水，没厕所。你在那时候想到一个词——煎熬。对，就是煎熬。你极力地劝自己，等待吧，前边是蓝天和大海。

到了。深夜。海滨城市，睡熟了。你也想睡，你想有个床。没有。你不断地被告知，客满。你走了三条街，你灰心了，你在马路牙子上睡了。做了一个梦，梦见被收容进一个有床的房间，你对收容你的警察说了声谢谢。

终于看到海了，你惊讶自己在那一刻竟没有兴奋。你发现和你一起看海的人是那样地多，你发现自己又进入了一个带布景的大车厢，海面上漂满了人，海滩上晾满了人。你若有所悟——这世界上和你有共同目的的人是如此之多。

想着这些人和你一样，喝完了海水又要想着离开——火车，火车票，厕所，头发，脏脚，渴，饿，热……你瘫倒在海滩上。

那一刻你对自己生活着的城市突然生出无比的眷恋，你终于有所收获。

如实道来

一位朋友来我家坐，谈得正投机，腰间的 BP 机响，汉显的。打开后，拿给我看，上写"带豆腐黄瓜豆角回家"。是他夫人打来的。

他夫人是个职业妇女（现在的夫人大多是职业妇女），职业妇女都有职业，工作很忙，在单位要求上进，劳她的驾想到晚饭的事，就很使她委屈了。去自由市场采购，讨价还价，而后拎回来就一定不能再劳动她了。都工作都有职业，谁并不比谁闲在，男同志自然要多做些，是时代的特征，没什么好抱怨的。

"职业妇女"这词我小时很少听，听到最多的词是"家庭妇女"，比如说"某某特没文化，是个家庭妇女"。所以不做家庭妇女，是每个妇女的理想。记得一个电影《女理发师》，王丹凤演的就是一个不愿做家庭妇女的新女性。小时我看那电影，除对这一主题的感受外，还对另一点也感受颇深，觉那个男主角（丈夫）不愿让夫人外出工作表现着一种对她的深爱，那种爱很像一个词——呵护。

现在我没这能力，不敢奢谈呵护，不是对老婆不爱，是没有叫她不做职业妇女的能力，或者反过来说，没有让她做家庭妇女的能力。大家走到一起来了，要劳动一起劳动，都别在家待着，挣来钱一起花。想要过那种在家相夫教子的日子没有了，就我看也许很少有男子在结婚前敢说"结了婚你就在家待着吧，我养活你"。真有个男子能说出这来，我觉得比说"我爱你"更让人感动。家庭妇女与职业妇女昭示的实在是两个不同的时代，后者给我的感觉是男子稍弱些（一弱就爱说酸话，文章写到这儿，其实对职业妇女实在不知该说什么好）。

我觉得一位职业妇女，白天与男子同工同酬地累了一天，回家还要洗衣做饭，这实在不公平，这样的话，妇女们会从一种抱怨进入另一种抱怨。职业妇女这名称的背后，需要补充的东西应该很多，并不是说你工作了，就能过起职业妇女的生活了。你可能要有足够的经济实力来雇另一个人来干你在家中的那份与职业无关的活儿，所以说职业妇女并不是一个名称的问题，是一个能不能有其名有其实的问题。

在我脑子里的职业妇女大概有三种样子。一种是看到最多的那类——人特别特别累，白天做事，晚上做事，一年一年地做事；还有一种是被一些羸弱的男子的梦渲染过叫"白领丽人"的那类，她们特别像不靠别人也不靠自己养活的一张画，在生活中我很少见到这种人，电视上很多；再一种是女强人，她们的模式是事业有成、生活歉疚，好像每一位都对生活有说不尽的对不起。这三种职业妇女都不是我心目中的职业妇女，如果把三种类型综合起来，也不是我理想中的职业妇女。

大概我想要的职业妇女，最好能和家庭妇女沾点边（这绝没有歧视妇女的一点意思，我这么想时先把自己当成了个职业妇女）。我希望职业妇女干既喜欢又能胜任的工作，或只做半天工作，在家里有更多的时间，穿上围裙做点手工艺品；为自己缝一件独有的衣裳；为慈善演出准备节目；兴趣来了做顿好饭，兴趣不高吃快餐，等等。也可以给丈夫打个电话让带菜回来，这我不反对，但最好别把工作中的烦恼和劳累带回家来（你不让往家带，往哪儿带）。让一个家庭能够进入一个家庭的角色，让男女各自有时间进入男女的角色，这样的职业妇女是我理想中的，当然，能做这样的一个职业男子我也高兴。

文章写好了，把后边的理想中的职业妇女一节读给几位职业妇女们听，她们说的话各自不同，有"知我者，静之也"，还有"说出了我们想说，但没说出来的"，也还有"呸！做梦"，等等。

科技丢失英雄

现在科技丢失得最多的是英雄。我想说的不是那种战争中的英雄，我指的是唱歌剧的男高音。世人只知道帕瓦罗蒂、卡雷拉斯、多明戈，他们不知伟大的基利、莫那柯、科莱里……后者没有生活在一个电声发达的时代，真正的英雄男高音所面对的应是几千几万只肉耳朵，而不是一个铁的话筒。他们若想把声音传出去，要靠心力和体魄，而现在的人可以借助录音师魔术般的变化，借助对那个话筒的理解和掌握。我们听到的声音有一大半是电唱出来的，这些骑着电征战的武士赢得了巨大的名声（去唱片店看看，总能看见他们的脸）。这不是公众的错误，传媒越来越发达后，公众的判断已经像被赶进胡同里的牛群，只有跟随了。

基利是个需要不断地被理解的歌者，听过他一首用半声唱出的歌，想象不出谁还能够这样。卡雷拉斯的乐感算不错的，但可惜对基利不能用"乐感"这个词，我听完他的四张唱片后觉得那个时代已经过去了——一个有个人尊严的、沉稳的、有很多时间与自己对话的时代过去了。再没有人那么好地去感受亨德尔的

《绿叶青葱》。当时间对我们的作用不同时，我们的感叹是绝望。没有就是没有了，"细雨骑驴入剑门"没有了，我们看见的是火车。

对科莱里的喜爱，是因为他宏大的声音，和山岩一样的高音。他真实的演唱，使每一位听者都感觉到尊重。他从来不会改用一个小号的有力的高音来赢得你的掌声，在声音中他是个英雄。去巨大的广场不用麦克风演唱的时代已经过去了，把声音传进几万人耳中的绝技再不会出现。没有人这么学了，没必要，我们需要用大部分时间，学会和那只话筒合谋。

昨天在路上听见一个农民的话，他说城里的西红柿、黄瓜都是一个味儿的，粮食也不香了。他说在他农村家中的园子里只要摘一棵香菜，就会引得满屋子都香起来。我曾把一把香菜放到汤里，我只吃出了草的味道。在科技的时代将再难判断什么是本质的。

斯苔芳诺是水，而且是华丽的水，这华丽不表面。谁还会为《负心人》做那么细致，那么不同的解释呢？我们说的羞涩和相思都陈旧了，谁会为恋人唱得那么忧伤？

科技在发达的时候艺术在倒退，我不想下这个结论。我只是觉得时间的速度有时不为我们赢得什么，而是丢失得更多。一个坐着飞机经过山河的人和一个一寸一寸走过山河的人，他们谁更有收获呢？不属于我的时间，并不是时间，艺术要那么快干什么？在那种极快的社会惯性中，我们什么时候能把自己分离出来一会儿？

我对旧时的男高音的怀念，也许只是一种对时间的怀念。我写了很多与小时候有关的文字，也是怀念那种缓慢的时间。一个人总是对童年有说不尽的话，为什么，我想一个人一生中只有童年才是独立的，而后他就再难自在地活下去。

家具与时间

家具的种类很多，除桌、椅、床、榻外，看故宫的家具图录中，还有种三足凭几，是席地或在较大的床榻上用的。功能大概似我们在床上坐时，随手扯过来的被垛子，起个倚靠的作用。这东西非常少见，书上说"这在清代家具中是极为稀少的品种"。

这凭几现在没有了，之所以消失，是没有了用处。现在居家，很少无事在床上坐着的了。有椅，有沙发，闲了坐上去，或倚或靠怎么都合适。床只有睡觉时才去躺，脱了鞋上炕的时代正在过去。再说白天就在床上倚着，一是不雅，二是给人种非常消极的感觉。进一个陌生的人家，如看其床榻不整，总会觉出零乱。一条没有叠起来的被子，像条腌久了的菜，给人的感觉是废旧、消沉。我平日起床，地可以不扫，床一定要叠。叠完了床才是最后划清了黑夜白昼的界限，看着叠好的被子，人就精神了许多。

家具的种类也是在人类生活的进程中增加或减少。就说这凭几，在清代皇宫中也不是常人便可用的，就是能用它的人也并不

91

常用。书上说，出猎或出征时，席地时很用得着。如果不再有猎可出，有战可征，这东西也就失了它的作用。一件家具由实用到无用，标志着一个时期的过去，反过来也可以看作一个过去了的时间的具体展现。我有一对红木太师椅，坐起来的确没有沙发舒服，留它是因它特殊的形式感。它能使我这小小的空间变得深远，沉重，正襟危坐般的严肃。

对家具的态度有时也就是对生活的态度。"文革"之后沙发非常流行，在院子里总会看见有人在打沙发，那种热闹显示着人们对新生活的一种热情，显示着对将要到来的生活的积极响应。

生活在发展，家具的种类在改变。现在一般住楼房的人家，已不再有脸盆架或木方凳这类家具了，有的人家的写字台也被电脑桌代替了。昨天在街上还看到了一种放 CD 唱碟的架子，这些新鲜的东西也给时间带来种新鲜感。

我很钦佩那些常要更新家具的人，他们显示出了一种活力，一种对生活的爱和积极。

嗨！大家好

我看到几位歌星被采访时，他们先说："嗨！大家好。"（非常灿烂）他们一般穿着有很长袖子的毛衣或线衣，手指握着袖口，说话时把手收向胸前，需要时再把手放出去。他们所用的语言不易辨别原籍，这样有种天涯海角般的漂泊感。

他们提到"素质"这个词时，爱说看书什么的，他们也许知道"三日不读书，语言无味，面目可憎"那样的话。读书与面目有关，他们也就理解了学习该是美容的一种。

他们对时尚非常敏感，总在潮头的左右。他们没想到那会淹没个性，时尚最大的表现是不自信。

"包装"这个词大多时是被有成就感的人说出来的，当一个人郑重地说出"包装"这个词时，他准备使公众转动起来，他只要愿意，可以使一个破烂金碧辉煌了，他从小读过《灰姑娘》或《神笔马良》那样的童话。他们选择了"包装"这个词时，觉得特别有帝王的感觉。他们把很多过程都简单化了，只用两个字——包装。这两个字现在很大，大得无所不包。他们也常用这两个字把自己包装一遍。

　　我想有一些东西，大概无法靠包装来完成，比如乔丹的飞行动作，或帕瓦罗蒂的高音 C，再或者哈姆雷特内心的痛苦。

减　肥

"减肥"这个词我在"文革"前从没有听到过，它也许存在，但不如现在这么普遍。昨天接到一位朋友来信，说他们办公室的人总在谈论中年进补的话题。我不知道他为什么要写这些话给我，或有所暗示，或只是想描绘办公室生活的平庸、寡淡。

劳动少了之后，减肥与进补当然就是最丰富的话题，一些人胖了，一些人消瘦，那种活得最合适的时候再找不到。生活变得谨慎而节制，感情外露的人，比任何时候更被人认作是傻瓜，艺术品不如药物来得明确。一位每年在三月减肥、九月进补的人会被认为对生活充满了爱和热情。

真正的减肥并不多见，倘你告他不用吃药，只需买一把锄到北大荒去铲一个月的草，到时必会黑、瘦、结实，他也许会马上放弃减肥的念头。大多数的减肥是为了向大众，向爱人，或向自己宣布爱美之心依然未泯，向美之心依然炽热，而做出的姿态。这自然使那种不必节食，不需运动，只要在你认为胖的地方抹一抹，就可消瘦成赵飞燕、林黛玉的药膏大行其道了。一个不需改变生活而行减肥之名的方法受到了多么大的欢迎啊。

有个没有超过正常体重的女子，昨天告我，她开始减肥了，用超量节食法。我说那样会越减越胖。她问为什么。我说一个饿过劲儿了的人，会浮肿。她不信，她没有见过饿浮肿的人。她不会改变越饿越瘦的看法，这无从解释，减肥与消肿原该是两个时代的问题。

在这儿我想宣布一则刚刚听来的减肥良方。谁都知道洗桑拿浴可以减肥，现在有志于减肥的善男信女，大多在进桑拿室之前事先买好一袋盐，蒸时佐以盐擦抹赘肉，可收杀水、拔油之神奇功效。这方子的灵感大概来自腌咸鱼和给青菜杀水，从理论上讲没什么不对。想想能和一群被热气蒸着、被盐腌着的人坐在一起来感受生活，那是多么让人兴奋的事情啊。

最后的形式

对面将要竣工的一幢十六层大楼上，星期六傍晚，有一个民工从上面跳下来，自杀了。我没有看见，是事后别人告我的，说咚的一声，那人落地时，太阳还没有落山。

这楼就要盖成了，就剩下部分粉刷的小活。他从打地基时就开始干着，一层一层楼高了，高到足可以撒落死亡，他从自己盖高的楼上跳下来，咚的一声，他的死是建立之后。

小时有位同学的父亲是自缢而死的，身体吊在一根横的暖气管上（以后我一看到天花板下方横的暖气管，就觉得是种暗示，咳！你有选择的机会）。自缢的人，在死之前没有谁帮他去布置那个可以去死的机关，他不像坠楼或卧轨的人，是一瞬间的决心，他要为自己的死清醒地忙乱一阵子。先要找一根足够结实的绳子，不致在途中折断；再要找一个足够结实悬挂自己的所在，树枝或铁架，不能太高也不能太低。这两样都有了，要找一个垫脚的木凳或木箱。还有关键是打结（很多未成功的死，问题常出在这上边，打的不是水手结或拴马扣，那样所做的一切就会变成

97

表演）。结打好后，可以再从木凳上下来，抽一支烟想想，有没有必要去真正钻那个圈套，它被你布置好了，然后要杀死你，很多人在最后的一瞬放弃了。放弃其实也容易，要找到一个不去死的理由，这种理由有成百上千，真找到了，可以自己抱着自己哭一阵，然后上去拆除你布置的一切，一切就像从没有发生。也有再没能从凳子上下来的，他把头伸进去，然后让自己悬空，飘走。

　　我同学的父亲大体就这样，略有不同的是，他把事情做得稍有些复杂。大概的经过是，他在拴好绳扣后，又站在凳子沿上，用一条挺长的布带一圈一圈把自己的两条腿缠了起来，再用多余的带子把一条手臂也绕紧了，然后头伸进圈套，最后是蹬倒了凳子。这样的死，据说是不会因挣扎而变得狰狞，会使死显得规整些，充满对活着人的照顾。

　　多少年我一直想不透的是，他为什么会那么镇静地布置了这样烦琐的程序，他想到了要给活人看这不错，但他仅为了顾及自己的死后形象吗？还是想告诉别人他对自己自始至终的尊重，他对这个肉身的爱惜和对尊严最后的维护。他说我要去死了，为了体面，这理由足够了。我有别于你们所想的那种被迫和逃离。我要死，是因为需要一种完整的完善，所有的这些都像一个精心的工程，没有什么绝望，也没有轻蔑。他为自己缠着布带时在想什么，没有流泪吗？我不知道，他理智的死亡，永远将答案带到了另一个世界，他让人那样地觉出了一种冰冷的陌生，又有些高蹈。每想到这些，就有种对生命的沮丧，我们看到了决然的轻视

（他在抛弃我们），他让这样一个光亮的下午也倒抽一口气。

一条死亡之外的长长布带，他没有把它看成形式的多余（形式也许从不多余）。他缠绕自己，想分离得更清楚些吧，他为什么要这样，他为什么要表现得那样冷静呢？他如果曾经哭过，这反而会使我们好受一些。

对面那座楼还在建筑中，从表面一点也看不出有过死亡的迹象。有很多人将搬进这新楼中去住，大多数人并不能从一道砖缝或一笔粉刷中，分辨出那个民工的痕迹，但那痕迹不等于就没有。

第 三 辑

一个流氓

小时我心目中的英雄，现在看有一些是寻常意义上的流氓。我曾把自己想象成英雄，但我知道不行，我缺乏体力。

英雄除了要体力外，还要能经得住文字的描述。一个能承受住文字描述的人，他也要承受虚假（这段话有点玄）。

想到"英雄"这个词，我脑子里飞快地划过了很多面孔，很多事情。它们从我的一只口袋倒进另一只口袋，盛事情的口袋满了，盛文字的口袋却空着。我是说，我们大多数的经历是这样——没有相应的文字来填充那个空口袋，我们少了一些文字，那些个事也就不成其为事了。

我对空口袋特别敏感，那种空的敏感让我经常走神（这也许能间接地说明叙事的重要——一个人不厌其烦地说，是因为他空落，而不是他充实得要发泄）。

我没有恐高症，只是站在六楼屋顶的边缘，总有种想小便的感觉，这种感觉刺激地吸引你一再地站过去，这时楼下的人看你要仰着头。他们对你的举动大惊小怪，充满羡慕。我后来所理解的生活，很像站在楼顶的情景——恐惧加上虚荣，生活就是这样。

以后的三十几年中，每到关口，我都会想起那个在六楼屋顶的时刻。我想到最多的情景是掉下去，摔碎……那种在空中飘浮的感觉很可能使一个爱幻想的人就那么纵身一跳……

但我知道，我不可能动。我们几个站在楼檐的人都不会动，我们只是想比出一个稍微懦弱些的人来。我们一次一次地比，真比不出来时，就采取一种集体的英雄气———把一把地抓起屋顶上的豆石粒，向街上过往行人的头上撒去。然后躲避大人们的追踪和辱骂。等我们再聚到一起时，就能觉出身体内春天的膨胀和无聊。

鸽子被抓在手里的感觉永远是暂时的。那时我对鸽子的爱，现在想是因为它能飞去再飞回来。鸽子落到阳台的一刹那，能使一些正常的运行改变，它回来了，与你有种联系。这世界上与你有联系的事物不多，你有一只鸽子，它代替你的一部分生活，那部分生活是它在天上，在屋顶，在吃食，在排泄的时候。

他对鸽子没有温情，这从他扔鸽子的动作中可以看出来。他曾把别人的一只良种母鸽子的卵巢捏坏了。他口袋里常揣着二踢脚，看见屋顶的鸽子就放炮仗轰起它们来。他比我大三岁，我曾看他偷副食店的苹果吃。

他不是我们楼区的。那天，他在五栋的楼顶飞跑着追着一只捆了翅膀的鸽子。他为了追这只鸽子，扒着五栋的楼角悬空荡到六栋的楼顶。他嘴里叼着烟，那个在空中荡着的好像不是他的身体。他把那只鸽子抓住了，从楼上下来时，那鸽子已经死了，是我们的鸽子。他说要去另一个人家把鸽子煮了吃。我们几乎有一起打他的念头，是几乎。

我和其他几个人一直以为他的勇气是来自嘴上叼着的那支烟。我们买了一盒烟躲在屋顶上抽起来，抽过后走到五栋和六栋的间隔处——更没有勇气跳过去了，是第一次抽烟，感觉头晕、恶心。

"文革"时他在我们那一带非常有名。有几次我们走在路上差点被劫被打，每次一提起他的大名，总能化险为夷。他的名字每天保护着我们平安上学下学。

后来他死了，在山西插队的最后一年，被他多年欺负的两个人，夜里趁他熟睡时，用刀把他刺死了。他没能逃避戏剧性的死，没能躲过古人那类陈旧的死法，这使他的死蒙上了一层平庸的色彩。我觉得责任在那两个拿刀杀他的人，他们的做法太落窠臼了。一个英雄的死也不是一两个常人可以成就的。

他姓秦，外号叫秦桧，去山西插过队的北京知青总该有人知道。

新家与旧居

　　新搬的家在铁道边上；新搬的家在楼房的顶层（六层）；新搬的家从窗口平视出去是一片树梢，偶尔有鸽子从腰下或眉间飞过；新搬的家四壁雪白，各种设施、器物静默着等待被你接纳或接纳你；新搬的家让我走来走去，坐在哪儿都觉陌生。

　　呜！哐当，哐当。深夜。很深的夜。窗外的火车道上爬着辆列车，我惊醒时以为睡在卧铺车厢里去旅行。走到阳台，看一列车正从我眼下滚过，震动而悄悄，向前移着。看了一会儿，错以为我住的房子也在走，心里陡生起种漂泊之感，像浮一大舟在海上，不知将去何方。

　　人一生总与搬家分不开。住久了的地方，墙上有手印，厕所的壁顶有被时间剥蚀的痕迹，水管一开就会叫，走廊的灯要拉两下才着，打气筒在门后，不常用的火锅在床下纸盒里。坐在窗口看到那棵树，落叶了，落的叶与去年落的没什么差别。说家不如说是个熟地方，不用回头，一想就能闻到家的气味。

　　我不知搬了多少次家，总在十几次之多（这包括小时与父母的家和成婚后自己的家）。印象最深是没上小学时，家从真武庙搬到皇亭子来。父亲机关的卡车，把个家一下就拉走了，新家挺高级的，屋里是地板，卫生间有浴缸。楼外却很荒凉，有一片坟地，坟四周种着青松。再就是菜地，插满了竹竿支的瓜架。

搬家后我上一年级，上学放学要过那块坟地，记不清什么日子，坟上就压上一些新白纸，白纸在风中闪动着。每座坟的高矮不一样，每片白纸的闪动也不一样。白纸过不了多久就发黄了，也闪不起来了，皱着，慢慢变得与黄土无二。

我过坟地很敬畏，觉得那是死人的家，不应在那中间吵闹、奔跑。走过去就是了，吵醒他们不是玩儿的。夜里过时，只见到过萤火虫，没看过鬼火。我总盼着能碰见次鬼火，总没看见。后来问一看菜园的老者，他说：鬼火确实有，只是小男孩阳气太重，鬼火轻易不会出来。

菜地在楼房的四周，菜不断变着花样长出来。常看农民收菜：肩上背个挎筐，去地里选熟了的摘下来，回手放到筐里，筐满了就送到地头，堆成一堆。一辆马车等着装满了拉走。

农民收什么就吃什么，我放了学蹲在地头上看。他们选又圆又亮的大紫茄子，一开两半，一口一口地吃，真脆真香。我回家就学着吃，可怎么嚼也没有他们吃得那么香。收柿子椒时，他们也那么绿绿地嚼一通。一位老婆婆拣了个大的让我吃，我有点不知如何下口，她教我掰开了，吃厚厚的皮，我试着吃，吃出一股清凉来。

那个赶马车的把式，总是在地头坐着同地里的妇女开玩笑，很多我听不懂。有一次，他寻一个怀了孕的妇女说："弟妹，吃什么吃那么大的肚子？"那孕妇脸就一下红了。我不知这话有什么可脸红的，后来懂事了，才知那果然不是句好话。

父母现今还住在那幢楼里，有三十年了，若是人也该算中年了，房子可能也如此。我常在周末回去，一进那楼人就会变小。

昨天回去，路上碰上一小学同学，问他干吗来了。他指了指一幢正在拆着的楼说："拆了！我小时住过的房子拆了，把小时候拆没了……"听了那话我挺为他伤心。真是那样，房子拆了，与房子有关的人和事也散了。

1980年成家后，我平均两年搬次家。那些房子都是残破且布满了前人的痕迹，但每次搬走我依旧恋恋不舍，总觉得有个影子样的自己留在了那里，在门口依依挥手与我别离。过上几年，偶尔再路过那儿，就觉得影子样的我，还在那房子里孤独地生活着，使我很怕走近它。

这次搬新居，是原住的房要拆之故。先夷为平地，然后挖大深坑，盖二十六层大楼。我留下的那个影子不知将飘到哪儿去，我没有能力把所有的影子集中在一起，我幻想是否能打开本书，或用一张照片把他召来，让他有个居所。我只是这么想了。

打衙役

把烟纸折来折去，折成一个三角，在平平的水泥地上拍，叫拍三角；把秋天落地的杨树叶拾起来，去叶留柄，放在球鞋里，而后臭臭地拿出来，精选一二黑老根，与别人对拔（拔者：两根交叉互拽，不断为胜），叫拔根；吃过的杏核，稍稍磨平，然后像电视上演的那种打冰壶比赛样，相互弹射，叫弹杏核。此游戏场上之人，必须边使身手，边念口诀。诀云："一弹弹，二宝莲，三打鼓，四要钱。"

昨天看电视里，比赛保龄球，想起小时的一种游戏——打衙役。方法是找红砖数块，按远近立好，分别为判官、刑官、捕官、打手等，职称可多可少，按游戏人数定，倘六人玩，只可设五份差，空出个打不到砖头的人扮小偷。玩法是在一条线外，用半块砖投打立砖，打中什么位子当什么官。打不着的就是小偷，捕官捕来，判官升堂审，刑官量刑，打手行刑，很有一套规整的程序。判官权最大，倘抓来的小偷是他妹妹，或是今天给过他一口冰棍吃的楼下二蛋，他就要大大地徇情枉法，说放了吧。就放了，底下人没话。若抓的是昨天没借他空竹玩的三棒，那就坏了，刑罚有大概五种，打屁板、挠手心、扇手掌、刮鼻子、弹脑奔儿。后两种很不是滋味，那三棒自然会被照顾三十下刮鼻子——大概要刮出眼泪来。

刑官也有权，只小一点，判官说了罚什么，刑官可选择轻重，看着帮他打过二蛋的三棒，刮鼻子三十下逃不掉了，他可以判个轻的，那大概就像抚摸一样，罚完了鼻子都不红。要是他也恨三棒，那三棒今天这一关过得过不得就看打手了。若打手是他哥二棒，他尽可以放心地把鼻子伸出去。那二棒领了三十下重的指令，自有在弟弟鼻子上行刑的手法，像古时小说中写的那样，同样的二十大板，有的表面皮开肉绽，内中并无大碍；有的表面无伤，却能被二十板打死。

都有枉法的权，大小一个官就有这机会。不过虽是小孩子的游戏，倘你做得太不像样，你妹妹总打不倒砖头，你就次次放她，别人就该不和你玩了。无奈时，也要做个大义灭亲的样子来搪塞——挠手心。这手法有刑之名，无罚之实。挠手心二十下，挠得小偷都笑了，这实在是种欺世盗名的好手法，罚也罚了，判也判了，你还要我怎样?! 不必怎样，游戏继续。

小时候的游戏竟有这么多的说头，也是边想边觉出来了，想想那么多的游戏都将丢了，实在可惜。唯有这打衙役，真要把它带进生活，有一天会让你玩不成。

鱼外的滋味

吃过什么，没吃过什么，于人生也可是一大炫耀吧。吃过满汉全席的人，他终归与常人是不同些，这不同也不在他的口腹，在统治他口腹的那个身份。

满汉全席我没吃过（看过部分菜谱——一本食品书中列了几页，最后说尚未列全），至今也还不认识一个吃过满汉全席的朋友能告诉我吃那些菜的感觉。不过看过菜谱后，觉那种吃，必要先吃出一个"累"字来，而后大概是餍足。

报上说某国人已把满汉全席的过程尽数拍摄走了。说句爱国的话，不妨让人家拍去。梁实秋说"没听说谁个……为了馋而倾家荡产的"。我倒觉得也不尽然，一个企业真能抵得上几个满汉全席，真吃穷了的事，也不是没听说过。

食不厌精，脍不厌细。真要细成《世说》中说的，王武子家的烤小猪，是人乳喂养大的，那种细就是一种残忍了，不光是倾家荡产事。

不过话说回来了，吃还是一个大话题。所谓"一天开门七件

111

事，柴米油盐酱醋茶"，无不与吃有关。活一辈子就得吃一辈子，"君子远庖厨"，这样的君子也不好做。

吃最寻常食物长大的人，是多数。于普通的食物中吃出乐趣来，也并不比别的乐趣低些。印象中，最有记忆的，反而是那些简单而又简单的东西。

1960 年大哥带我逛厂甸，第一次吃到了艾窝窝，在寒风中站着，接过那件精白、软糯的小物，先是看了很久，恰巧它的中间有一红点，像只眼睛样地也在看我。这一看就有点舍不得吃了，摊在手上，像是收到了一个投奔我来的伴儿，用手松松地握着。大哥说吃吧，吃了再买几个。就吃了，吃出谨慎来。那东西甜、软、黏先不说，还有种清凉（疑是撒过杏仁或冰片粉什么的），直吃出一条凉线来，从口到腹贯穿始终。现在想一个词来说它，就是"畅快"。

一吃而不忘，过后多少年，就再没吃到。又吃时，已是"文革"后了。这之前，曾不时地想起它来，一想由齿而心都有一种清凉感。北大荒时，也与几个人提起过，说得投入，大家也就回忆起北京的小吃来，一样一样，是借食物而怀乡。现在想，提到的东西无非是些最平常不起眼的，之所以有了色彩，先是那时确实没有什么东西可吃；再有，是十几岁的人想家的一种变体。食物一道原是没有那么多话要说，说出来的大多是吃之外的话，如梁实秋的《雅舍谈吃》，其实是怀乡。

再吃到的艾窝窝，没了那种感觉，粗糙甚至有点生，有少时的恋人老了再见到的境况，一吃倒吃出陌生来了。是艾窝窝吗？

112

是。也许是做法变了，也许是吃的人变了，反正和我想的那个艾窝窝不一样了。真正好吃的东西，大概只存留在想的范围里，想的滋味拿出来验证，总会不符。能让人想的食物也不多，也不是非珍馐美味不可，普通如艾窝窝者的记忆，每人或都有。

至今吃过的一次鱼，也使我不忘。是在北大荒下乡的那个小水库里。

鱼是水库里的鲫鱼，虽是鲫鱼却不普通。不是人工喂的，养它们的是一条清凉的山水。东北的鱼长起来慢，因为慢那滋味反而蓄得似更足些。

那天我去水库就单为了吃鱼。

一早，和打鱼的小船一同出去，一网一网地撒，十网八空。打到中午，也打了有三十多斤。靠岸，在一棵白桦树下，拾柴架火，收拾鱼。舀的就是河水，鱼活着杀，活着就下了锅。说是河水煮河鱼，只撒一把盐。

柴火上那只锅一会儿就响出一片香来。干了一上午活儿，累了，弥漫的香气，使人在等待中有幸福感。躺在草坡上看天，火弱时，锅里的鱼已熟。盛在碗里，鱼还是整的，汤稍有白色不见油，喝一口，除了鲜，再无别样味。喝汤吃鱼，吃鱼喝汤。有一瓶白酒，大家传饮，酒咽下去，汤的鲜味复来，如此者三，额头已有汗。

是最畅快的一次吃鱼，以后再没有过。离了那水，离了那鱼，没有那一上午的劳动，没有鱼之外的山色，再要那样的美味，恐怕难。

脱　发

在机场总会碰到名人。

那天去宁波候机时，看到发明生发水的赵章光匆匆走过，固有的脸面，最寻常的服饰步态，不同的是提包有随从拎着。没人做认出他来的表情，这是名人的寂寞。我想在这里除我之外，大概都是准名人，只要沾上名人的边，相认起来就有一定的难度了，不似百姓黔首见了面可以拍肩膀，流鼻涕，抹眼泪。

他有一头浓黑的头发，那是他的发明的佐证，不知他是否为这头发保了险。我也不敢乱想若有一天他的头发掉光了，101 生发精会有什么样的结果。经济的价值尚在其次，想想亿万脱发人突然有一天失去了精神支柱，那将是一桩多么残酷的事情。真想追上去悄悄地告诉他：保重你的头发。

在北大荒的后几年，我的头发开始成块地脱落，先还可以用相邻的长发将其遮盖起来。后来掉得多了，已然遮不胜遮，风来时，我知道那颗头大体是一个盐碱沙荒地的盆景。那时最深切的感伤是觉得对不起依然热烈地爱我的女朋友，她该算是个最不以貌取人的典范。她不这样认为，她的原话是：你原本已很丑了，再丑一点并不能损害什么。她说得那么直接而准确，已然到了让人伤心的地步。

1975 年转插到汝阳前，曾在北京延宕过一年，无聊中最有理由的正经事，莫过于治病了。去广安门中医研究院看大夫，大夫非常准确地告诉我患的是脱发性的毛囊炎，否定了神经性脱发（俗称鬼剃头）这一极为伤害我自尊心的病名。我对这一大夫非常有好感，在以后的一段日子里，我总在寻找机会当着至爱亲朋们的面，摘下帽子，告诉他们我得了一种叫脱发性毛囊炎的病，非常讨厌，云云。

这大夫开的药方我还记得：雄黄石加苍耳子熬汤外洗，内服斑秃丸（这药名却有点伤人心）。

小时看《白蛇传》知道雄黄酒喝后可以使妖精现原形，此次倒要借它来治病了。拿过雄黄来看，觉得只是一种黄的矿石而已，没什么可神秘的。苍耳子就更不新鲜了，是随处可见的狗棘菊。这两种东西在一起熬成一锅黄汤，稍凉后把一颗剃光的头伸进去，洗过揽镜一照，妖未除，自己倒像个妖精了，满头满脸的黄汤粉，病关索杨雄是也。

一个疗程过后，那些沙荒地依旧寸草不生，还有些上好的地块也要学得荒起来。再去找那大夫，他把我那颗头搬来搬去地研究了一遍，确实没有找出雄黄与苍耳子的功效。就又开出一方：用梅花针密刺，出血，早晚各一回。临出门又嘱我，药还要吃，雄黄苍耳还要洗。

梅花针者，以梅花形状排列的六到九根银针，一头粗，一头细。整个器具如一柄缩小的榔头，用时持柄在头上敲凿，一下就开出一朵梅花（六个血点）。不需几下，那颗头就千树万树，春色满园。

刺过梅花针，还要洗雄黄苍耳水。一天红了黄、黄了红地下来，有朋友来以为我在排演整出的《麦克白》。严肃地告他在治病。他说：就你一个知青的现状，居然还有闲心治什么无关痛痒的脱发病。就是掉光了又怎样？别人搞病退，正挖空心思地没病找病，你还不趁着这颗头去知青办吓吓他们，倒整日在家里熬汤煮药、梅红菊黄地做起闲人来了。

他那么有文采地说了那么多的话，倒让我真的对自己恨起来。把余下的药都倒了，当天就带着那颗头去了知青办。他们看过后说，只是掉头发，倒不至于影响劳动，还是尽快回农村去吧，掉头发不能办病退。

这下好了，病退的路断了，治病的心也没了，就真听了人家的话去了汝阳。

和一个卫生员住在一座庙改装的队部里。据我后来观察，这个卫生员可能连《赤脚医生手册》类的书都没看过。好在并没有几种药可供人来吃错，本着头痛医头、脚痛医脚的原则也不至于害人，做大夫到这份就算不错了。

因职业的缘故，他突然对我的脱发症感起兴趣来。他说：你有火。他说有火最好的办法是去董师傅那儿把头发全部刮掉。此地的男人不爱长疮，皆因不留发，每每刮光的缘故。

他的话我自然不会当真，雄黄苍耳梅花针都用过了，怎么会一剃秃瓢就好了。不信归不信，头发还要去剃，要剃就一种方法——下刀刮。就刮。刮过后觉身上轻了不少，人很清爽。去告他，他说再嚼点麦冬吧，就嚼。

一个多月下去，头发并未见好，也没见坏。

头刮了，最大的好处是不必再为洗头而犯难，随便一抹就行。有次一时没水，头又痒得想洗，去他房间看到大瓶的酒精棉球，随捏出几个，边说话边拿棉球在头上涂抹，酒精在光光的头上有杀痛感，很解痒。此例一开就每天去他房间里找酒精棉球来抹，并没想到要治脱发，只为清洁解痒计。

月余，有天他突然看着我说，你长出新头发了。忙想找镜子来照，没镜子，用手在原来脱发的地方摸，真摸到了一些毛。大喜，晚上去十字路口买了一只风灯鸡腿庆贺。

头发长好了，不知是因了刮，嚼麦冬，还是涂酒精，总之无意栽柳。

我这脱发生发的现身说法，许不为人信，过于简单了。简单的事大多不好服人，如我当年，只对雄黄苍耳梅花针抱有信心一样。

她　美

把门打开，把门关上，把灯拉着，把衣服脱下，把水倒进杯里，把电视机开开——一个人在说话。他说：如果观众有意购买，请拨屏幕上的电话……椅子上有一部书，宋朝人的书，书上说：棋罢不知人换世，酒阑无奈客思家。换鞋。听见楼下冲马桶声。净手。镜子中的脸与你相视，你不看他，他不看你，默契得冰冷。窗外工地电弧在闪，一人在黑夜中举着面罩，时隐时现。他被一团光围住，挂在空中，像个孤悬的人。

你尿了一半，想起该咬紧牙关，抬头看见墙角有灰网垂下，被暖气带得飘动——时间有形，你看见的东西轻而且脏。毛巾有馊味。

再拿起书，那一页找不到了。逐页翻过去，看见时，忽觉陌生，是那两句，又不像。

电视里，模特们排着队出来，她们走规定的步法，美得那么疲倦。她们穿着寒冷的衣服在热眼光中走动，她们没有秘密，像一枚剥开的橘子，也不能久留。

你坐在椅子里看着她们，想着该给现在的自己讲另外一些事情。

十五年前你二十六岁，在汝阳有一天你要去一个叫蔡店的村子。你爬坡下坡，骑车也推车。那天阳光很燥，玉米从坡上下来，走到路边都停住了，没有一丝阴凉挨近你。你边走边想一个叫翠的女孩，有次看戏她哭了，用过你的手绢。那是在很多很多人的戏台前，你递给一个正流泪的女孩一块手绢，她流泪不是为你，为台上的戏，但那眼泪被你的手绢擦着。你没劝，你不想说别哭，你觉得一个女孩在你身边哭，真温暖。你想一块手绢比说话好，她当着你的面哭，她的头几乎挨在你肩上。一个能为剧情哭的女孩真美——像亲人。那晚上过后，你总想起她，她叫翠。

路边的棉花地里有人在治虫。棉花地长得乱，不像庄稼。它们枝丫叉开，棉桃稀少，它们不像玉米地里能收到结实的棒子，它们开一些花不像花的东西，白得特脏。

你想找口水喝，做活的人说没有。

翠后来见你并不亲，翠许给人家了，这你知道。那晚上的翠像另外的一个翠，这你也知道，两个翠你能分开。

蔡店有个会敲小锣的老头儿，上次赶会，他把人的心敲得像晃起来的水桶，悠悠的找不着停处，洒出来的都是一声一声的喊。干瘦的小老头儿，跳来跳去地敲，大鼓大钹都跟着他走，像大浪跟着小水花跑。

出了一头的汗，蔡店村口就在坡下了。看着个小女孩，穿着旧了的小花褂，手里有个篮。看出她美，毛眼睛，粗辫子。你下车问她刘家怎么走。她先笑，后说往东。她真美，看你时天上的阳光都像是古代的，她一身的新鲜，像她篮子里新出的藕。她看着你笑，她说你不会说这儿的话。你说还没学会。她说我领你去。她没有一点冰冷和羞涩，她不知道自己美。

她叫玲子，玲子在村口看见你时，是十五年前。在蔡店的那个村子口，她那么美，像个凝固了的梦，她不知道她有多美。像草滩上的花，不摆给人看，秋天就消失。

玲子叫人怜爱，你没有想过该告诉她——她美。你知道有些东西易碎……

你把电视关上，你把书放回书架，你把脏脚伸进被子，灯关了……窗外弧光还闪，今夜在空中孤悬的人，多凄凉。

送　粪

送粪要过南街，下河滩，上汝河桥，再下河滩。来回六里。

那早上欣嫂拿出筐里的馍让吃，说今天受累，吃结实点。

看见一头上插了柏枝的妇女从门前过。身上新，手里有包袱。男人稍后，相跟着，身上也新。问欣嫂这是干啥。说是寡妇再醮。问后边那男人是新男人。说不，是舅。问为甚没吹打爆竹。说个寡妇新都新过了，还要啥热闹。说快吃了架车送粪去吧，管不了那些屎事。

一架车一把锹一长溜粪。装够了用锹拍拍，怕撒。起步时，暗叫了声：走。

下雨了，小雨。粪湿了重，路湿了滑，人湿了流不出汗来，身上黏。

粪是从圈里起出来的，猪粪有，鸡粪有，人粪也有，还有马粪。马从门口街上过，屙了粪，欣嫂慌地扫来倒进圈里。还有秣秸秆，还有每天扫地的浮土。

上坡低头，下坡昂头。和并排走的牲口像，雨里它喷出的白

121

气更厚。

车把式唱曲呢，鞭子扫在牲口屁股上，眼睛扫着你。

你也唱——《陈三两爬堂》。把车歇下了，站直呀吼。车把式笑了，黄牙露在脸外边，说好。

过桥了，桥下水紧，水横着过去呀，把日子拦腰断了。拉粪过桥，你和架子车都悬在空中，水流着谁的日子，抓也抓不住，水没碰着你就远了，日子没碰你就远了。日子是谁的。

雨密，鞋巴不住地，脚巴不住鞋。滑呢，车坠着你，也摔不倒。下坡了，车送你跑，你撂在辕上，雨斜过来，风在耳边响。这车粪有劲，你笑了，刹了车，喘。这车粪有劲，人尿。

小套在肩上，绷紧了，车跟着走。到地里土暄，拉不出两步车就停了。取下锹扬，一撮一撮的粪在地里，比土黑。

车空了，跟你往回走。慢慢走，雨从胸脯上滑下来，滑到腰上停了，身上冷，一个激灵，想尿了。尿，从高桥上尿进河里，半天尿和水碰上了，流远了。这流水里有你的尿。是好日子。

拉一车，再一车……还有两车。

你把留着的一块水果糖含进嘴里，雨把它泡软了，糖纸也是甜的。

有块糖就能上坡，你喘着气，糖慢慢小。不小心吞了，没尝到最后的味，嘴里空了。

过桥时你吐了口唾沫。是口甜唾沫，流水也尝出来了。

那时你身后有辆车，车里有粪，粪上插了把锹。

第一次锄草

水薄薄的一口，那甘甜像条线，淌下去把心里的火切了两半。锄地最热，一担水到地头没怎么喝就空了，锄在前边的人没喝着，走过来，摇摇空桶走回去。

太阳高了，没风，把衣服脱下，顶头上，手摸到的头发是烫的。大田里没有树，阴凉就是自己下巴下的那点影。

狮鼻唱了句：一张白纸没有负担……干土被蹚起来，它们追上流到脸中间的汗，脸的下半截就花，花进脖子里。

汪狗折了片草叶卷卷，塞左边鼻孔里，说有清凉味。学他做，真有，大家都堵着一个鼻孔说话，一笑那片叶带着鼻涕喷出来。

锄啦！锄啦！一根垄，谁到头谁下工。

问地头在哪儿。说十九里外，河边上。说锄吧，越锄越近。

锄板伸进土里，一拉，湿土翻过来，草倒了。锄过草的垄上，那些豆苗叶儿晃着，现出单一的空落。

苗草都是绿的，叶子不一样，苗能到秋天，有的草能过来年。泥土原是草的家，草倒时，嚓的一声。

123

嚓嚓，锄把子攥烫了，手心红。太阳正时，汗也不出了。晒。往远看，地上有热气上升，热气上的一片人在扭。

狮鼻撒尿回来递你一个百合头。狮鼻说，百合开几朵花，底下百合头就有几个瓣，不信待会儿撒尿再去挖。问生百合好吃吗。说比生土豆好吃。吃了，吃进嘴里一点植物的凉，还有些粗粝的土。

吹哨吃饭。菜里有肉，馒头碱小了，有点酸，吃五个，肚子里原来的空，变个嗝打出来，就饱了。狮鼻悄悄说，看曲央的衬衫，多臭美。

吃了饭，休息。女生往右后方走，去方便。

她们回来，有的怀里抱束花，萱草百合扎在一起，花上边的脸是红的。汪狗说她们真不累。狮鼻也说她们真不累。

你没那么想。这有十多人和你小学一班，这样的太阳下你们一起出去玩过，女孩子连衣裙，男孩子短裤。你们吃冰棍，喝家里带来的水。你觉得她们在锄地时，该比你更沮丧。

这时她们抱着花从坡下走上来，那情境与你所想不同。没什么，一切都能过去。

她们很好，像小时春天来了，满地找蓝色的婆婆丁时一样。她们是你小学同学，她们使你有了一点陌生。

锄到河边时天已傍晚，回连的路上天下起雨来。当地人说，草白锄了，折了的草一沾水就活。

（第一次锄草，我十七岁，她们十六。以后的锄草中没有看谁采过花。）

124

卖 布 歌

1974 年，在哈尔滨参加知青会演。住南岗区省招待所——沙发床，有清水香皂味的白床罩，夜里街灯从窗幔的缝隙中漏进来，车笛在远远地响……很过了几天有情调的日子。刚从北大荒的大炕上挪过来，以为有那么好的夜，睡过去了可惜，就有点舍不得睡。爬起来看，窗外一冰场，在月光里像个等着填充的大梦。觉得这城市真比我生活过的北京要好。

那时称哈尔滨是"东方莫斯科"。以为大可不必，看过有限的几部苏联黑白片，觉得莫斯科是个缺柴火少面包的地方，那儿出饥寒交迫的革命者和声音猥琐裹在皮毛里的贵族。而在哈尔滨我总会看到那些对生活更有热情的人。那时男青年兴绿军帽，蓝棉猴，半高筒黑皮靴，留小胡子，很帅。他们那种大大咧咧无所谓的神态，在那个特殊的时代使人感到一点点生活中的自我，哈尔滨就是哈尔滨。

演出忙，会演后又留下来巡回演出，城里的剧场就差不多都转了。印象最深的是青年宫和工人文化宫，它们比我看到的长安

125

戏院、天桥剧场更多了些华丽和异国情调。我看见了在托尔斯泰小说插图中见过的那种包厢。在这样的剧场，我觉得演《扬鞭催马运粮忙》一类的节目，有点不太合适，最不济也该演点阿塞拜疆那儿的轻歌剧《货郎与小姐》什么的，才能让这个华美的剧场静下来听一听。

在这样的想法中，我就在白天排戏的间隙，唱了一段《卖布歌》。很忘情地对着那几个空空的包厢，对着一些想象中的淑女。声情并茂，这剧场使人的感觉真准。

在那个时代，这是错误，我唱了一首不该唱的歌。因此，被批评，批判。考验了三年的入团也吹了。我曾在检查中写过这么一句话：那些俄式的建筑使我想入非非……现在看这还是句真话。

这事儿留给我对哈尔滨一段不忘的记忆。离开北大荒有十九年了，哈尔滨也没再去过，那些剧场还在吗？我要去了，还会有心唱吗？货郎——现在大小算个个体户吧？个体户都集中在卡拉OK里了。包厢还空着吗？淑女在我的想象中，已落满尘埃。

酒　具

喝酒要酒具。酒具者，喝酒的专用品，用它来喝别的大概就有点文不对题了。尤其是喝白酒的小杯子，平时不用，来人了，拿出来洗洗，用过了再收起来，不作他用，这是稍讲究点的家庭。不讲究的家，就那么几个高矮胖瘦不等的各色玻璃杯，茶也是它，啤也是它，白也是它（像那些在文化馆里什么都能教的辅导员，随和而多能），让人喝出酒之外的亲切来。

北大荒时，喝白酒就一只平日吃饭的碗，八仙传道，你一口我一口，喝出一家兄弟的感觉了。那么大的碗，那么满的酒，那么热的炕，不大大地喝一口，对不住那种场面。不用劝，想喝就喝，想醉就醉（平生觉得最不必做的一件事就是劝酒，有时看酒桌上，把喝酒这好事弄得像集体服毒似的悲壮，先一感觉是对不起那些好酒，再就想起在北大荒的日子——没那么多话，酒喝得不少）。

喝白酒用饭碗，喝啤酒依然用饭碗。喝啤酒的机会少，有年春节，从五十里地外拉回一箱啤酒来，天冷，酒瓶都冻炸了，剥

127

了碎玻璃，人手一个瓶状的啤酒冰疙瘩，可啃着吃，可化了饮，倒弄出个一物两吃来，不胜欣喜。那样喝啤酒只一次。后来想在冰箱里把啤酒瓶冻炸了也难，就真冻炸了，也找不齐那一伙人了，再说找来了，那事就矫情了，少了趣味。应了一句话——过去比未来更不可抵达。

那时，要真想过喝啤酒的瘾，就得去哈尔滨。第一次在哈尔滨喝啤酒，生啤，也是用碗，两毛钱一碗。酒先从酒罐放进一只桶里，然后拿一水舀子舀，一样的白瓷碗，一口气干了，地头喝水样痛快。再去，许是铺子变了，改用那种大口罐头瓶了，还是两毛钱一瓶。那东西没有碗好，先一怕瓶口有锋口，喝着就谨慎了，再有，喝到最后，不把头仰而又仰，那些酒就不会尽数入口，让人割舍不下。现在喝扎啤的杯子也有此缺憾，仰头，在众目睽睽下总觉太煞有介事。

用过的酒具中，还是觉得饭碗好，最大的一点好处说出来大家或有同感——喝过酒的碗再盛饭吃，其饭香又超过平时。

蝗虫飞起

蝗虫飞起，它多层的翅膀，在天空开出一朵瞬间的花。它起飞的声音像两片薄铁在敲打。在阳光下它们青亮的身体，映着达尔罕草原上那些稀落的草。

这不是我想象中的草原，它耀眼，因为干旱尘土飞扬。

还看见那条没有一滴水的河。像梦的形式，弯曲着，空空的，藏满渴望。两岸的刺槐在七月还没张开叶子。它们活着，看得见枝梢一点珍贵的绿。

有十场雨会怎样？张开手做着接雨的姿态，手上的天空深远，安静，视而不见。干旱中的阳光让人倍觉冷漠。

干河的源头是花山，已被风化粉碎得像一座废墟。远处的风赶来在孔穴中穿行，巨大的和声轰响着，像一架天庭下的管风琴，在大地上自鸣。

牛从相反的方向来，它们和人群先后到达一汪泉水。水从石缝中溢出，积成小小的水洼。人在喝水时，牛停在山坡上，它们一动不动，头朝着水的方向。它们从很远处来，它们渴，它们中的小牛在等待时，也像岩石一样安静。

　　人群散开了，他们找到沙原中唯一的有阴凉的刺槐。他们打开食物，吃着，说着。他们的一些词语在红石和白沙间划过，他们的话无法停留，无法进入看见的风景——大自然是拒绝，没有手拦你，你也没有门。

　　我把朝天的眼睛闭上，风景沿着内视的通道进入心……能够记住的陌生，它像胶水一样结构着生命中容易涣散的沙粒。

　　牛群走下山坡，它们红的、黑的、花的皮毛像移动的季节。在水的面前它们围成圈，低下头，它们不加评论地喝着，像一群先生在喝天空的倒影。

　　牛的气味弥漫过来，我想到一个叉草的动作，是那样地挑，而后高高地举起手臂，在最后的一刻，喊声从胸腔中喷出来，在空阔中回荡。

说　　谎

　　狼来了！狼来了！狼终于来了。如果从另个角度来看，他不该是个说谎者，是个预言家。他预见到狼要来，他把这预见传播出去，如果山下的农民每次都跑上山来，最终，总会有一次碰到狼。就因为那次以为他是说谎，就因为那次狼真来了，预言应验了反没人信。狼叼走了羊，大人反诬此祸是因谎而生，说出来教育小孩子，就忘了自己是否有关键时没有上山来的失智行为。世上也就有这等怪事，谎话有人听，真话没人信。

　　六十年代，大人教育我们时总是在扮演布道者的角色。他们的语言铿锵有力，面目庄重威严，即使肚子里有时叽里咕噜地响，也做听而不闻、视而不见状。讲完这类的故事还要悲壮地劝诫你诚实向上地活一生。小学学完这课后，正逢邢台地震，每次虚假的预见，都使那位先生张皇地第一个跑出教室。他对谎言的理解仅限于狼来了这个小故事上。

　　其实，这世界是一天也离不开说谎的，最可疑的先是那些恋人间的情话。一个女孩子需要爱，需要献殷勤，需要甜言蜜语，

131

发一些誓来敲她们易碎的心。她们对谎言的坚信程度，往往使说谎的人怀疑自己说了真话。谎话此时是浪漫的佐料。不知有没有爱时不说谎的人，倘说爱时，每话必真，此人怕一辈子要做王老五。如"我没办法才与你谈恋爱的""凑合吧""你亲嘴有口臭""我把一生的爱都交给索菲亚·罗兰了"。这实在不该叫谈恋爱，叫谈仇恨，叫送脾气才是。这也许是真话的煞风景了。

听收音机中的新闻说，国内已制造出了一种测谎器，准确度在百分之九十以上。已用于审讯中，不过因其属于一种仪器，所以提供的资料只可用作参考。怀疑此物一出，倘被哪位有识之士看中了，推行起来，这世界要全部改变。

领导发现下属恭维你时，其实在骂你；举案齐眉的好夫妇，相互间在咒死；除犯人说谎外，警察也说谎；那些搞演讲比赛的人，慷慨激昂像哈姆雷特一样，其真话程度比不过戏剧中的台词；某刊物领导在你受处分后，流泪安抚，其实处分是他千方百计为你争来的；报纸主编除写社论外兼写匿名读者来信。测谎仪是祸根，此物发明得无聊，比原子弹还可怕。谎用测吗？测得过来吗？

我是个说谎者（此话不怕测谎仪），说过很多谎话，大多是在"文革"时写检讨时说的，最大的一个谎是说自己是资产阶级的孝子贤孙。这话很冤枉了我的祖先，他们的确还不是资产阶级，这话现在看来也有抬高自己身价之嫌，我确实还没有找到孝贤资产的机会。说这谎时，我在北大荒因故进了劳改学习班，为顺利通过挨斗，而闭眼说的一种（并没有原谅自己的意思）。

还有一种说谎人是睁着眼睛说的，在阳光下，说得光辉灿烂。

那时三连有个天津知青，非常红，每次讲用必上台慷慨陈词，主要的一句是：扎根边疆六十年，海枯石烂心不改（后半句是从情誓中移植过来的，那时很讲移植）。这话知青是不愿说的，因时时想回家，以为发了这誓就真该扎根下去了，真就一辈子了，所以他很突出，很被我们佩服。然后入党，升副指导员。终于有一年他被推荐成了工农兵学员，大家觉得他该走，应该让那些已解决了扎根思想问题的人先走。要走前的几天，他总表现出愁眉不展的无奈和对这广阔天地的留恋。大家就更觉得他该走了，几乎是哭着劝他：走吧！我们还需要改造！

有天，我病了，独自在宿舍的上铺发烧。发烧是极无聊的一件事，常要看天花板和墙壁上的污迹来拼凑图案。他进来了，没看到上铺角落中的我。他松弛着，躺在下铺抽烟，一口两口，尽量把吐烟的声音弄得像叹长气，终于，自言自语了一句话。那句话使我非常之震惊，甚至影响了我此后对人对事的看法。现在我依旧可以想起他的语气和声音来："喀！可他妈的离开这儿了。"

他走了，喊着扎根和海枯石烂而堂皇地可他妈的离开了。他是个高明的说谎者，使一个发烧的人出汗、退烧、寒冷、自惭形秽，在上铺不敢发出一点声响来惊动他伟大的谎言。我终于发现自己缺乏做伟大说谎者的才能，甚至连揭露谎言的信心都没有，他依旧被同志们认为是圣贤（也不是所有的圣贤都可疑）。

应该编一部《谎话大全》（像《购物指南》的那类书），分门别类地公布一些谎言的说法，及经典事例，以此课儿兼教天下好子女。

喊狼来了，不可怕；见了狼不认识，可怎么好？

没有理由快乐

今天是春节，大年初一，我没事儿干。干什么都觉得不合适，什么不干，又觉得很空。想让年快过去。

现在过年，像在时间中加进了无聊的酵母，膨胀起来的东西甚至连无聊都不能算，那只是一块烧也烧不掉的时间的影子。过年，反而对寻常日子极向往。

记忆中最早的春节里，有分糖的片段，把分得的八块花生牛轧揣进裤袋（那时的手可能很小，有冬天的裂缝）。糖给人的感觉是大块儿，从腮的左边转到右边，嘴里会有那些可贵的糖汁流落出来。一个小孩艰难地吃着一块大牛轧，他的幸福就在左右的转动之间，甜是经过疲惫的咀嚼后得到的，他独自享受着，在一段时间里他一直为一块糖而努力。

后来的印象是被父母带着去看戏，看下午的日场。两三点钟走过一条结了冰的河，冰上有咚咚的响声让人担心，一步一步地走。鞋是布底的棉鞋，鞋底是一针一针纳出来的，硬而稳。走在冰上，想着这冰能承住你，掉不下去，那种高兴是从几分危险中

135

生出来的，高级的快乐。

戏是什么戏记不住了，一些人出来，一些人进去，他们把袖子垂下，再把袖子抖起来，他们手指的姿态比身上任何部位都丰富。台上的锣鼓过于刻板，而音乐又太花哨。你看着每一个人都在制作着说话的声音和唱句。他们用这种方式来使你离开刚才看见的阳光和冰，打消你对口袋里花生牛轧的惦记。

有一年，在劳动人民文化宫，看见耍幡的一家人。他们在寒风中脱光了上身，绷紧身上的肉，走来走去地说着，比画着。其中有一个人也不说也不练，光着的上身在冷风中，对一位主角的吆喝做着很木讷的附和。我一直看着他，被那个在整个表演中最无所事事的一个人吸引了。那天，他唯一的表演就是把上衣脱光了，坐立不安。他该去干点别的，一个陪着别人在寒风里脱衣服的人，是个最无足轻重的人，这样的人不能做。

我去过北京的最后一届厂甸庙会，那里带给我对"春节"这个词更丰富的认识。我吃了艾窝窝，买了一个叫"常遇春"的花脸儿，还买了一把剑和一支方天画戟。我终日戴着花脸在家里走来走去，我在花脸的纸浆和糨糊的气味中说话，我沉浸在那个不认识的常遇春的面目中，拿着宝剑一会儿杀人，一会儿自杀。

当持着一些票证和副食本去商店排队时，"春节"前边已加上了三个字"革命化"，过一个"革命化的春节"，那时是这样说的。每一个人都吃着同样数量的食品，糖、肉、鱼，穿同样尺数的布。初一的时候，家中一批批地来人，他们坐一坐，说三两句话，吃一把瓜子，然后，出去敲另一家的门。他们穿着有樟脑味的呢子衣服，戴蓝呢子帽，在整个楼区，布满了密密麻麻的敲门声。这年就这么看着别人走来走去地过去了。

1972 年，在北大荒，我曾独自过过一次春节。宣传队里的人都回去了，我守着一间大屋子，每天看书记日记，过得很从容。一屋子的人都走了，没人说话，刚想说话看看左右没人，就把话咽下去了。咽下去的话，变成一个随便的调子哼出来。独自一个在哼着，有点忧伤。

屋子里的老鼠能吃的东西少了，出来就勤了，白天黑夜都在顶棚上奔跑，刚扔在地上的一个梨核，马上就能被拖走。后来几天，我没事就往地上扔东西，它们及时地跑出来把东西当场吃光，或齐心拖走。领头的是一只黑而大的公鼠。那天夜里我给家里写了一封信，没有掩饰住内心的孤独，那信让家人担心了。

1977 年，春节在插队的汝阳过的，是最淳朴最热闹的春节，走高跷、打盘鼓、放铳、泼梨火。平时的日子苦得不能再苦了，过年却是心高百倍。那些土地上的农民，对生活的认识单纯健康，他们过年的热情让人看出种积极，他们总是相信好日子在后边呢。

以后的春节，没有什么可说的了。生活在重复，每天与每天一样，每年和每年一样，春节和春节也一样。这两年不一样的是没有鞭炮声了，一点也没有，安静得像是等着什么，什么也没等来。打一个电话出去，接一个电话进来，向自己的至爱亲朋都说相同的话。放下电话后，想想刚才说的春节快乐，其实春节真是没什么理由快乐，当然，也没有理由不快乐。一个人回味过去的春节来打发这一天，除了他自己有问题外，还有什么原因呢？

第 四 辑

博伊伦之歌

　　整个过程非常宿命，让人觉得世事无常，诗事无常。歌词是根据在巴伐利亚州博伊伦的本尼迪克特教团修道院发现的用拉丁文、古德语、古法语所写的诗篇（手抄本）而编写的。这本手抄本的年代是 1280 年，诗成于何时？也许更早，更更早。

　　这本诗等了很多年，如果按 1937 年首演来算最少等了六百五十七年。如果是一块布它早就烂了，如果是一块犁它早就锈了，它是一部诗集——在一个修道院中的手抄本。这个"手抄本"的概念，跟《红楼梦》当年手抄本的概念有点像——按《牛津音乐词典》的文字是"其性质为放浪于饮酒、女人及爱情的学生歌曲"。读完这段话，我们应该为手抄本会心地握一下手，在修道院里的修士也该把手伸出来。

　　这个诗集隐藏了六个世纪，与那些宗教经典相伴着滋养了十几代的修士。它在心里的阅读声大概不比做弥撒时的声音小（当然也许只在个别人的心里）。

　　它坚定地在那座修道院中等着，在某块粗布包里或潮湿的褥子底下，在油灯或一块感冒的手帕前，等了六个世纪。假定说占领时间需要力量的话，那这力量来自那个不知名的诗人写下文字时的一刹那，像神点亮了灯，你什么时候看它，它什么时候在发光。六百年被一刹那坚定地穿透了。

这种等待是不被告知的，如果诗人不相信这种等待，那他的诗就穿不透六百年。对一些人来说六年已经够长的了。

当这部诗集等了六百多年，等到奥尔夫坐下来的时候，它知道有一对音乐的翅膀要带它飞向世俗了（在词典中很严肃地把《博伊伦之歌》称为世俗歌曲——相对宗教而言）。奥尔夫生来就是位带有使命感的人物，他上过学，参过军，学过音乐，后在慕尼黑创建了冈特学校，他打算毕生为儿童音乐教育服务。

这样的一位音乐家，当他读到诗集的时候，也许一下子被那穿透六百年的灯照亮了，他的心像一面反光的镜子，发出光来。奥尔夫这面镜子，涂过蒙特威尔第的水银（奥尔夫此前曾整理了蒙特威尔第的几部歌剧，其中包括《波佩阿的加冕》等），有着纯真的儿童音乐的玻璃（奥尔夫编写了《儿童音乐教材》1930—1954 年）。

我们不能说他准确地再现了十三世纪的什么或什么。十三世纪是什么样，没有时间通道可以把它完全地运载回来。我们对以往的认识，大概只会停留在对以往的想象上，所谓"发思古之幽情"。有想象就有了过去，不需要印证，尤其不需要一种集体的印证，也没有印证的标准。

《博伊伦之歌》本身是奥尔夫的舞台作品《凯旋三部曲》中

的第一部，后来作为康塔塔单独演出。

最初这部作品，有布景也加哑剧动作配合，以后作为音乐会演出这些都没有了。

所有有关《博伊伦之歌》的视觉体验，我都没享受过。我不能想象哑剧动作被音乐带动的样子。我觉得没有那些把脸涂白的人在台上活动我已很满足。比如现在听到第三乐章时，我看着一本摊开的书，那本书的边角都卷起来了，不是我的书，是我女儿的——一本初中学生的书。我所听到的第三乐章和我所见有多么远的距离呀，如果我已感觉到远，不是就够了吗？我几乎看到了不可见。

《博伊伦之歌》用打击乐器的地方很多。合唱很多时不分部，是那种朴实的齐唱，音乐的和声也简单极了，但它节奏性的语言已使你觉出连绵而自主。奥尔夫写完这部作品之后，把自己以前的一切作品全予否定。他大概从那时发现自己得到了神谕，六百年前等着他的神前。

我还想说一点，就是这部诗集所写的饮酒、女人、爱情也是六百年前的饮酒、女人、爱情。所以它很本质，几乎不是现代人感受的那种饮酒与女人，没有那么不堪。比如十一乐章中的男中音演唱，说很重节奏也行，说很有英雄气也行。

第一乐章因其在定音鼓下朴实而壮阔的男声合唱，已变为很多人的出场音乐了。比如里迪克·鲍和霍利菲尔德的一场比赛中的出场；比如迈克尔·杰克逊的出场。这些风云人物取代了原来的哑剧的位置，他们把自己加入了这部音乐中，他们的加入在我来说和我桌上的那本卷角书的加入是相同的。

　　我的一个朋友把这首歌词译了出来，他没有译过诗，这有时更为可信。

第一乐章　合　唱

　　好运，世界的皇帝

　　噢，运气

　　像月亮

　　可以变化的情况

　　或明或暗

　　厌恶的生活是

　　一时的艰辛

　　另一时刻在赌博中

　　通过头脑的聪明

　　可以看到

　　贫穷

　　权势

　　它像冰一样融化掉

　　命运

　　奇异和空虚

　　是一个旋转的车轮

如果极度地寄予长寿

是徒劳的——

它可以永远地溶化

变暗和

掩饰

你太使我烦恼

在现在的赌桌上

我的坦率

已朝向你的罪恶

健康和强壮的

运气

总与我无缘

被攻击

被毁灭

在所有的时候，在你的帮助中

这样的时间

并没有耽搁

扫荡语言的字串

用运气

打倒强人

你的一切，与我一起在哭

这样的歌词当然适用于出场。但我个人以为不大适于拳手的出场，尤其第三节。所以那天鲍输了——被攻击，被毁灭。

注：康塔塔（Cantata，意；Kantate，德），一译"大合唱"，多乐章声乐曲。以咏叹调、宣叙调、重唱、合唱组成。源于意大利文 cantare，意为"歌唱"；与 so-nata（演奏）对称。起源于十七世纪初叶。最早的康塔塔以情歌为主。十八世纪后期，康塔塔指宗教的或世俗的合唱作品，不一定包含独唱，以乐队伴奏，类似小型清唱剧。

《星光灿烂》的七位歌者

这段咏叹调是用一枚戒指换来的——临刑前一小时的卡瓦拉多西看见了星空，他脱下戒指向狱卒换来了纸笔和允许，想最后给托斯卡写一封信。他边写边唱着：天上星光多灿烂，地上一阵阵花香，……我死得多么失望，从来没有这样热爱生命。

这是一段从对爱的留恋到对生命的留恋的咏叹，不够视死如归，恰恰因此而动人。卡瓦拉多西不是个革命者，他只是个革命者的朋友；卡瓦拉多西也不是一个爱情专一的人，他与托斯卡相爱又暗恋着安杰洛蒂的妹妹。他在一天中糊里糊涂地救人，被捕受刑，直至被枪决。卡瓦拉多西按照别人心目中的他的轨迹滑过了生命中的最后一天，那天他在扮演着一个别人眼中的自己，时而英勇，时而多虑，大多数时间不知所以。唱《星光灿烂》时，是他清醒的一刻。

知道自己"死得失望"而又不得不去死，是悲剧中的悲剧。这一首咏叹调是悲剧的高潮，是一个社会要求的角色与真实的自己在诀别时的真实对话。普契尼的音乐使这一刻充满了专注的凝

147

神之感。

歌曲开始是宣叙调，基本上在 b 小调的主音和属音上进行的，简单平实（一个将死的人是简单平实的）。前九小节没有旋律，有一小节过门，你如果读谱的话，会发现每一小节只有一个音，甚至两小节一个音。处理这几小节的唱，难。我想大概就像小时练毛笔字一样，笔画简单的字反而写不好。

卡鲁索过于仓促；而斯苔芳诺又太深情；卡雷拉斯貌似平稳，但显出了对后边戏剧性咏叹的期待；贝尔冈齐板正而少才。听到过毕约林的一次录音，他的平实与凝神超过了我们听到的几位歌者对这一段唱的解释。多明戈与科莱里唱得最差。科莱里在整首歌中尚有一个带有胸声的 A 的实实在在的渐弱，显示出了一定的难度；多明戈像一个浑身充满了力量但又使不出来的挣脱着枷锁的人，他的声音太紧，是一个边流汗边吃声音的人。

我知道有众多的男高音都唱过这一首咏叹调，在我的 CD 盘中只有这七个人的版本。就这几小节来说，毕约林的理解是最为自信、端正的。

毕约林 1911 年出生于瑞典，1960 年因心脏病卒于锡亚罗岛，只活了四十九岁。毕约林生前有两点被时人诟病，一是演技平庸（他个子不高），再有他的声音冷冽，又极端地节制情感。

我想任何一个歌者在那样的一个需要剧院效果的时代，有这样致命的两点都足以把他从舞台上赶回老家去。毕约林所以依旧在舞台上，且跻身于当时的十大男高音之列，是因了他的一丝不苟、从容、平顺和完美。毕约林的声音该是最统一最嘹亮而集中的，也是最不滥情的。

感谢科学的录音技术，我们可以脱离一个时代来重新评价过去的人。毕约林的伟大也许正在被更多的人所认识，当我们意识到节制是一种力量时，更多地感受到了毕约林的自信与高贵。

当宣叙调的前九小节结束后，全曲中最美妙的乐句出现了，这是在前奏中已出现过了的那段优美的旋律，我相信所有唱《星光灿烂》的歌者都会抓住这一乐句大做文章。但我还是想把卡鲁索、科莱里、多明戈归结为感情粗糙的类别中去（这也许与他们是戏剧男高音有关）。卡鲁索与科莱里在那声 A 上都有渐弱，多明戈连这点也没有（多明戈因声音紧而不擅渐弱，这在前两场的三大男高音音乐会中均已显现）。而卡雷拉斯第十小节一开始就用半声在唱，非常深情，到高音 A 时反而没有弱下，这是他与众人不同之处。他的大致感觉是在学毕约林，但为了显示不同，在高音 A 上他忍痛没有处理。卡雷拉斯是一个深情的人，有着极丰富的浪漫情致，可惜的是他稍嫌激动了些。斯苔芳诺应该说已唱得相当好，但他着意的抒情使得卡瓦拉多西在这样的一个夜晚太显薄弱，我们不能在临死前的一小时依旧优美着。贝尔冈齐是难以评价的，他少个性，或者说强弱的反差不大。

毕约林从第十小节之前就用着半声，他没有刻意地强调这优美的乐句，他的半声演唱很凝神而专注。很多人是把那个 A 唱出，唱响然后再渐弱，毕约林是在弱的基础上又弱，像一个"无语凝噎"的人，把卡瓦拉多西唱得比其他人对死的思考更远——对爱、对托斯卡的留恋，对生命的留恋更有现实感，绝不刻意地浪漫。那种凝神的自语爆发出了对将死的失望，和"我从来没有这样热爱生命"的慨叹。这样的一个卡瓦拉多西有几分将死时的超然。

毕约林的处理一丝不苟。他的歌唱技术表现在那些细微处的衔接上，非常完美而从容，从容就是自信！

结尾的处理各有不同。

斯苔芳诺为了弥补他的优美的抒情而大恸，他的抽泣最为戏剧性；贝尔冈齐有一声倒抽，很突然，不知所云；卡鲁索将后半部唱得开阔、坦荡，但最后有很重而突然的抽泣，很像那个结实而直率的年代，这首咏叹的抽泣大概由他而始吧。（插句题外话，很多的中年妇人都非常爱听那种胸腔之内的抽泣声，她们说，听一个大男人哭，是多么动人啊。）

只有毕约林唱出了不演绎的绝望，最后的一个半小节他完全是摊开了唱的，一切流散而去。他表现的是一种接受，只有接受了才可称为是绝望吧。他接受了死亡后让人感受到了夜凉如水。

以上我谈到的毕约林，都是他3分34秒的版本。我听过他一个2分50秒的版本，与上一个毕约林判若两人，那是一个极为糟糕的版本。仓促且没有处理，冰冷，除了声音好，再没有别的。毕约林也并不是一贯的毕约林，这真是再正常不过了。

录下几位歌者演唱《星光灿烂》所用的时间，大概也可说明些情况。

       卡鲁索   2分35秒

多明戈　　　2 分 40 秒

贝尔冈齐　　3 分

斯苔芳诺　　3 分 05 秒

卡雷拉斯　　3 分 16 秒

科莱里　　　3 分 17 秒

毕约林　　　3 分 34 秒

（也许还有他们的其他版本，但我只有这几种。）

不是想说慢就是好的，科莱里慢，是因为他的声音大而笨重，其实他对音乐的处理并不多。毕约林大概比最快的卡鲁索慢了一分钟，这一分钟要用什么样的内容才能把它填满？

对英雄男高音的个人偏好

　　一个人用文字是无法把音乐写出来的，当白居易写到"大弦嘈嘈如急雨"时，他说出的也不是音乐，是对音乐的感受。人的感受极为不同，白居易在欣赏大弦嘈嘈如急雨时，隔壁船上的李二正要睡觉，他也许会说出另一种话——大弦吵吵如乱语什么的。人的感受是不同的，一个人的美味佳肴许是另一个人的毒药。

　　有一个时期，我曾极为迷恋意大利男高音科莱里，这遭到一些朋友的不屑。他们对《乡村骑士》优美的前奏过后，科莱里幕中的那几句唱嗤之以鼻，他们说只听到了笨拙与厚重。他们听惯了斯苔芳诺的唱，那幕中飘逸的声音让他们感到悠远而抒情。他们不愿意接收他们意料之外的一个图里亚。

　　科莱里的音乐性无疑是稍逊的，他唱得最好的咏叹调在我听来是《游吟诗人》和《图兰朵》，而《托斯卡》唱得很笨，无法使人深入。

　　他厚重的声音与他英俊的外表形成矛盾。我曾看过他在日本开独唱音乐会的录像，我觉得日本人有一多半的掌声是献给他硬朗的外表的。刚开始我一直不习惯那开阔的声音是从他罗马青年般的身姿内施放出来的，而后习惯了，对他的敬佩变得由衷。

从声乐的角度来看，一名男高音歌手很难在中声区与高音区开得同样大。有几点原因，首先是力量不够。举个例子，吹响一支大号和吹响一支小笛子所用的气力是不一样的。所以很多的歌手在进入高音区时便把喉部捏小了。斯苔芳诺是个例子；贝尔冈齐的高音很飘逸，也是这种原因。当然他们因嗓音的原因也形成了自己的风格。还有就是开得那么大时谁也无法对高音有把握。从上到下地打开喉咙，需要气力和胆量。我有个朋友是专业歌唱家，在底下唱得很好，通畅、开阔。有一次他在台上唱《今夜无人入睡》，到了高音时突然捏了起来。下来问他为什么。说怕唱破了，勇气在最后的一瞬消失了，这可以理解。每个演员在台上唱高音时都会觉得像经历了一次生死，唱不好时的沮丧是难以为外人道的。科莱里的勇气，让人觉出了伟大，谁听到过《柴堆上火焰熊熊》那样完美的高音 C，壮大而壁立，那是英雄男高音的典范。

我总觉得科莱里唱歌要把肺唱出来了，他中声区俨然是一个男中音的力度和音色，在进入高音区时，他毫无保留地将这一切重大的东西又都搬了上去。他声音的空间是那样的开阔，我没有在现场听过他的唱，我想象就是没有麦克风的话，科莱里的声音也会在每一个角落震荡。与那些现时火红的与电声合谋的歌者比，科莱里无疑是更纯粹地承接了卡鲁索以来的意大利英雄男高音的衣钵。这也是科莱里在意大利备受人们欢迎的原因。

科莱里是个诚实的歌者，就高音的质量来说，没有人比他的高音更完整更结实的了。如果能像拳赛一样分重量级或轻量级的话，科莱里是重量级的，拳王当然在这一级别中产生。

但音乐有时不一样，即使有比赛的话，它的不公平也是显而易见的。科莱里厚重的声音难以处理一些细微的地方。虽然他有非常非常好的渐弱，但他无法飘逸起来。他很少用半声，这在电声不发达的时代也许是难以意识到的。所以他是一个过时的歌者，反过来说他是一个这一时代无法复制的歌手。

其他的歌手还会产生，但像科莱里这样的英雄男高音再难出现了。天分还在其次，谁会花那么大的力气去唱一声高音 C，谁会在《星光灿烂》中把 A 先唱得饱满了然后再渐弱，虽然整首歌他唱得不够完美，但那一声 A 几乎是绝活。时代使得机巧的东西正在泛滥。如果把"功夫"这个词解释为时间的话，我们就可以得出结论，没有人再会那样地下功夫了，也没有人再愿花那么多时间来等待遥遥无期的结果。音乐正在被短视哲学笼罩，对好东西的品味是要花工夫的。

弗兰科·科莱里（1921 年生于安科纳），意大利人。就学于米兰、佛罗伦萨及斯波莱托。1951 年，在斯波莱托首次登台演唱《卡门》中的唐·豪塞。1953 年在米兰与卡拉斯同台演出，后在科文特花园与大都会演唱。

我有他的歌剧《诺尔玛》（与卡拉斯）、《安德烈·谢尼》《乡村骑士》《丑角》《罗密欧与朱丽叶》及北京城能买到的他的歌剧集锦。我现在依旧为他宏大的声音而感动，听科莱里更多的是听声音，音乐在其次。

图画展览会

　　二十世纪五十年代的印象，有一部分是发黄的带着草棍的纸印成的书。这些书页上的繁体字，朴素的封面，刻意的美术字体的书名，以及内文中人名地名不厌其烦地加有的横线，这一切组成的一本书比我现在拿到的所有的书更像书。

　　在黄纸上读黑字，有那样的一种感觉：黄昏将至，景色快隐去了，所有的一切在吸引你，使你凝神。这样的书，读起来很缓慢，有农业时代的气息。

　　我就是在那样的一本书中第一次读到"穆索尔斯基"这名字的。这样的一个名字与后来我听到的他的音乐非常吻合——穆索尔斯基的音乐就应该是穆索尔斯基的名字那样。

　　读到他的名字时，我和唐渡（这个人现在美国，他的名字与我另一个朋友的名字只差一个字）正在北大荒的火炕上喝烧酒。他有一本音乐词典，还有一本里姆斯基·科萨科夫的讲和声的书。在 1971 年有这样的两本书，足以使一个十六岁的人以音乐家自居了。实际也是那样，他负责为宣传队的乐队作曲。虽然在真正作曲的时候，他会把这两本书抛得远远的，而借鉴一本叫《战地新歌》的歌曲集，但这并不妨碍他在闲暇的时候，告诉我"强力五人集团"是哪些人。

那时，我觉得这五人的名字不大像作曲者，而像龙骑兵或机关枪手：鲍罗廷、巴拉基列夫、居伊、穆索尔斯基、里姆斯基·科萨科夫。后来验证了我对名字的想象不是完全没有道理的，穆索尔斯基就是一个军官——职业的；里姆斯基·科萨科夫当到了海军中尉；居伊因攻读的是军事工程，后来竟做到了陆军中将，而他的父亲是个法国军官（居伊的作品我没听到过，据说他对"五人集团"的贡献主要在于他的卓绝而风趣的理论文章中）；鲍罗廷是俄国亲王的非婚生子。想想吧，那个时代所有的贵族不都是穿着白色军服的吗？虽然他不是军人。巴拉基列夫也不是，他们俩的名字还是像。

当唐渡谈着"强力五人集团"和那些乐曲的名称时，我们得到的只是些文字，没有任何声音。我俩都没听过《伊戈尔王子》或《荒山之夜》再或者《在中亚细亚草原上》，对音乐和那些音乐家的想象是那夜火炕上的烧酒制造出来的。我们觉得五个男人形成一个集团，并叫作"强力集团"，世界上还有比这更坚不可摧的吗？我们为这样的一个名称而觉得自己也伟大起来了。（在三十年之后，我看到了电影《美国往事》，那感觉也没有那天我们的想象更有意思。）我们曾为这一名称，而盼望着能组成个男性的集团，一起干想干的事。三五个人结成兄弟，这个世界就没那么大，也没那么冰冷、坚固了。

唐渡喝着酒，说自己将来肯定会写出几部交响乐，我觉得没什么问题，最起码他有一本《和声学》和一本《音乐小词典》。当时我想有这两本书再加上决心就足够了，现在看，这样的想法对上过音乐学院的人来说，也许很可笑。但如果穆索尔斯基还活着的话，他也许会出来做证，说这并不可笑，是可以实行的。

穆索尔斯基从来没受过专门的音乐教育，他凭他的天才写出了那样独特的作品。音乐这东西，也有可能是学不会的。里姆斯基·科萨科夫更是个例子——在写出了《萨特阔》《安塔尔》和歌剧《石客》《普斯科夫女郎》之时，还从没有学习过和声与对位，在此之后彼得堡音乐学院请他任作曲与配器应用课的教授时，他才私下边自学边进行授课，现在看这真难以置信。

在火炕上，边喝烧酒边谈穆索尔斯基，没有比这更合适的了。穆索尔斯基可以说是喝酒喝死的，他只有四十二岁就死了，这早逝跟酒有关系。穆索尔斯基是挥着马刀，端着伏特加，背着贵族的名姓，作出了那些曲子的。军队、酒、贵族——十九世纪的俄国文化，大概没有离开过这三样东西。俄罗斯的文化之所以与欧洲的区别大概也在此，他们宏大而有力，更多地体现了生命。

到现在我可以说，我喜欢"强力五人集团"的作品（主要是穆与鲍）不仅是因为他们所竭力昭扬的"民族性"（我对俄罗斯的民族性无从把握），而他们也并不是要当音乐家而热爱音乐的，他们更近于音乐的本质，音乐是他们的生命和身体，这样写出来的音乐是不一样的。像良麦种会衰退，总要与野麦种相结合一样，所有生命的延展，都要吸收没有被文明规范了的东西，新鲜的总是来自自然。穆索尔斯基的音乐更接近身体的、自然的世界。

最早接触到穆索尔斯基是他的《跳蚤之歌》。1978 年左右，"文革"刚过，这样的一首歌依旧带着政治的观念，被最先解放出来了。广播文工团的王凯平每次总会以这首歌邀得热烈的彩声。我至今都不喜欢这支歌大概是因为他那样机械式地找发声位置的假笑。如果把《跳蚤之歌》演绎得更为轻佻，那样的穆索尔斯基并不可爱。

听到钢琴曲《图画展览会》是很后来的事情了。第一次听，并不知道这是一组为十幅图画而写的音乐，也不知道那很容易让人熟悉的重复了几遍的乐句是"漫步"的段落，只是觉得它们散漫着，描绘着。至于描绘的是什么并不清楚，就是现在听过数十遍之后，也分不清。每一段落都有固定的名称，我一直以为这在音乐中不重要，实的东西在音乐中永远是不重要的。这儿在描述河水，那儿是"命运的敲门声"，我从不这么听音乐。听它们的起伏就够了，听它们的轻重、舒缓带来的情绪，听它们新鲜的处理方法。干吗让什么河水或敲门什么的来束缚？穆索尔斯基说这段叫"鸡脚上的茅屋"，你把它听成别的，又有什么关系，关键是那些音符与音符之间带给你的宁静或不安。

《图画展览会》是一组非常多姿多彩的乐曲，听了多少遍也无从把握。它的结构是随意的，如果说到"漫步"，它有点像"漫步"时的漫无目的，走走停停。它自然，像春天草就绿了那样，该生长的东西都在生长出来，刚开始还有相似的被叫作"漫步"的旋律的段落的连接，在一、三、五、八重复了几次之后就不再进行下去了。我想作曲家在后来的行进中去掉了那被叫作漫步的乐段，让乐曲自然地连续下去，越到后边越让人觉出，这乐曲多么凝神而松弛，像最平常的农民一样干着活又不着痕迹。

这是穆索尔斯基为纪念自己的画家朋友哈特曼而作的组曲，在第十二段，穆索尔斯基曾在标题下有段注："一句拉丁语，和死人在一起，说死人的语言。用拉丁语很对，亡友哈特曼的创作精神带着我向骷髅发出呼唤，骷髅里开始发出暗淡的红光。"如果根据这段话，我几乎把这一组乐曲看作穆索尔斯基与哈特曼的共谋，活着的大脑与发出暗淡红光的骷髅的共谋。也许就该这么看，人界与灵界的共谋才能出现这种常听常新却极为丰富的作品来。

拉威尔后来把这一钢琴组曲改写成了管弦乐作品，世界上给珍贵艺术品涂一遍清漆的例子很多，这算一个。

我在1996年以"图画展览会"为题写了一组诗。这是一组与穆索尔斯基的音乐毫无关系的一组诗。这组诗大概用了我所理解到的反讽，没有什么结构，就那么写出来，也就那么排列了。写完了这组诗一直没有发表，我没寄出去。这是一组说心里话的诗。说心里话的诗写出来就够了，让不让人看并不重要。这组诗写完了之后，发现也正好十四节（后来我删去了一节），这是一个从没有任何人为因素的巧合。诗与我大多数的诗不同，我很珍视这种不同。它确实与那组钢琴曲没有什么关系。

格什温的位置

格什温的作品，就《蓝色狂想曲》《一个美国人在巴黎》或《节奏十足》变奏曲来看，只能归结到小型音乐作品一类中去。

伯恩斯坦曾在一个咖啡馆中，像剥葱皮一样地把《蓝色狂想曲》说成是可以任意削减甚至可以任意调换段落位置的、优美的旋律而已。

拜会了他的这段宏论之后，我非常用心地又将格什温的几支曲子听了一遍。我的感觉是：这是美国人的东西（那位说：跟没说一样）。其实美国人的东西是什么我并不清楚，只是种感觉而已。美国人的东西大概这样吧：法斯宾德不是美国人的，史泰龙是；马尔克斯不是美国人的，金斯伯格是；篮球不是美国人的，NBA 是；帕瓦罗蒂不是美国人的，迈克尔·杰克逊是。按理说美国是一个盛了许多事物的大筐，但细想想筐里的东西与这只筐有关系的并不多。

但格什温是美国人。他生于纽约，死于好莱坞。按《牛津音乐词典》的评价是："他的歌曲中蕴藏着二十世纪二十年代纽约的精髓，理所当然地成为同类作品中的经典之作。"如果按这种说法再说一遍的话，格什温该算是一个民族音乐家，或者说他使得交响乐美国味了而已。我想有关经典的评价真是超过了他的那几首曲子。说到这儿，大家听出来了，我对格什温的东西不是很喜欢，至少说不够尊敬。我不会像伯恩斯坦那样一边盘剥着格什温，一边又说"我把他和舒伯特之流的巨匠们相比"。

　　格什温简单了点。我原来要说这种话时是不敢出声的，只能在肚子里悄悄地说，怕别人听见。我没想到其实他是更为简单的。格什温是天才，这谁也不能无视，但由于他受的音乐教育不够（对一个二十年代要写出经典的作曲家而言），所以，我们听到的《蓝色狂想曲》的配器其实是由另一个音乐家格罗非完成的。"他的大型作品在旋律上固然是出类拔萃，但却因他缺乏系统的音乐教育和对位与理论等方面的基础训练而显得美中不足。"（《牛津音乐词典》）《词典》所提到的大型作品，在古典音乐的大师面前实在也不是大到哪儿去。格什温在1935年写过一部歌剧《波吉与贝丝》，按一些人的说法，"他原意是要把它写成一部大歌剧……但，人总会发现它已变成了一种小歌剧"。我有这部歌剧的一张CD。今天在写这篇文章的时候，我第二次听了它。我很迷恋其中的女高音，但这些女高音与《蝴蝶夫人》中的女高音又有多么大的区别呢？如果只是为了写一个美国的故事，加入一些黑人音乐的作料，那他与《图兰朵》《阿依达》《蝴蝶夫人》那种异国情调的初衷又有多大的区别呢？这部歌剧几乎不是我想象的美国歌剧，虽然它有很多说不清的味道，但它只能是一部意大利歌剧与黑人音乐素材的综合物。（格什温与"强力五人集团"是没有办法比的，他写的音乐不是从他的根上长出来的。）

从《词典》到伯恩斯坦，把格什温的不够伟大都归结于他的早丧。伯恩斯坦认为他正显出光芒的时候死去了，否则将更为壮丽。这种话真是带有超越生命的想象。我愿意以对一位天才的尊重来迎合这样一种人道的个人化的盖棺论定，但这并不能作为加在格什温头上的光环。正像我不能说李贺如不是早丧，会比李白与杜甫都更伟大一样。这样的话说出来了，只能是看作伯氏站在某一立场的私人话语。我必须再声明一点，我对格什温本人没有什么附加的敌意，我只是不喜欢这样说话的方式。

格什温的"纽约的精髓的作品"为什么会传至世界各地，我想原因非常之多，我不想把话题拉入音乐政治学中去，但我还是想指出这与美国二十年代后的上升有关。还有一点原因我自己可以肯定，就是因为它的简单的舞台效果和不强加给你思想的亲切感。我个人曾在一场音乐会中听到过一次实况的《蓝色狂想曲》，与巨大的作品相比，它是轻松的，可以推动身体的，不必凝神的，我的第一个感觉是没有坐在音乐厅里，我很放松。

我想大着胆子比一下，就旋律的优越来说，这与小提琴协奏曲《梁祝》有很相似的格局和长处。同样长于旋律，同样是一种小型的作品，同样脍炙本国人之口，同样应该算民歌传统的一部分。只不过《梁祝》更叙事性，《蓝色狂想曲》更情绪化。

一个早年学过些钢琴与作曲的俄裔犹太移民，做过流行音乐出版商的钢琴师与歌曲宣传员的年轻人，写出了这样的一类的音乐，是种子与土壤的关系，他在美国，他在百老汇。格什温之杰出，是他有生之年在这一类的音乐中走了下来，格局不大，但有创造，按伯恩斯坦的话是越来越好。而《梁祝》的出现更像一个偶然，否则我们该听到一系列的作品。

两首民歌

一

读到一首民歌。

我今去了，你存心耐。

我今去了，不用挂怀。

我今去，千般出在无奈。

我去了，千万莫把相思害。

我去了，我就回来！

我回来，疼你的心肠仍然在。

若不来，定在外把相思害。

诗出自《白雪遗音》，编者华广生，书成于嘉庆甲子（1804

年）。林语堂先生在《白话的音乐》中，将这首诗引在文章之首。（上海古籍出版社《明清民歌时调集》收入《白雪遗音》全本。此前曾有过郑振铎编选的《白雪遗音选》，汪静之编选的《白雪遗音续选》。）林先生对这诗有一句赞：这首诗情之美，可入三百篇。

林先生将这诗引过、赞过后就没再做更多的解说。大概有诗在那里，何必多言的意思。

1

诗有韵，怀来辙一韵到底。一韵到底该说是个笨办法，容易单调、呆板。

2

诗有七行，每行中间又有分段；分段的前一部分，七行中有六行头一个字都是"我"字；七行中有七行都在说去或者来。从视觉上、从意味上该说是容易乏味的。

诗没有让人觉出单调、呆板、乏味。

3

诗在最容易让人觉出乏味的地方，有所经营。前五行算一节

165

的话，每一行的前半句排起来是这样的："我今去了""我今去了""我今去""我去了""我去了"。从视觉上看是由宽到窄；节奏上看由慢到紧；时间上也有不同，从"我今去了"到"我去了"虽在变，也有规整均衡处，前两句一样，后两句一样，中间一句不同，排起来是二一二。

4

这五行的用心，先一个效果是，破了每句句尾那个韵所显出的僵持。因了每句句首的变化，反使原本呆板的韵起了稳定的作用。

这五行的句首，都是在"我"和"去"上做文章，感觉集中。在一个小空间中求变化，用的方法是减字。五句中有四句有"了"，有"了"的句子相比较稍舒缓些。而中间的一句"我今去"显得干脆，情绪最强。细察，只是减了一个"了"字。倘这个"了"字不减，诗将打折扣。减了"了"字，诗在旋律中，有波折。

5

小变而有大作用。"我今去了"，像个基本乐句，而"我今去"和"我去了"是变化，让人想起赋格。

6

五行读下来，总的感觉是下行的，衰减的。这与"我今去了一

166

我今去—我去了"的排列有关系。字减了，意少了，音节上感觉也在下落。是别离歌。

7

前半句减字时，后半句在加字，有节奏的平衡。如把第三行的"千般"和第四行的"千万"删去，诗就过于紧了，失了节拍。这两个词就意义上说，删了也无大碍，但它起着平衡节奏的作用，不能动。诗中没要紧语，大多在声音上很要紧。

8

读过这首民歌，想起一首诗——徐志摩的《再别康桥》："轻轻的我走了，正如我轻轻的来；我轻轻的招手，作别西天的云彩。""轻轻的"和"我"有变化，先是"轻轻的我"，二是"我轻轻的"，三依二没有变，是种略求变化的小把戏，节奏几乎没变，换个搭配而已。同样是写离别，《再别康桥》与上一首比，显出呆板乏术。

9

读到第五行"我去了，我就回来"，想起弗罗斯特的那首《牧场》："我不会去得太久。——你也来吧。"这两行平白的句子

167

很像，这两行平白的句子在各自的诗中最让人玩味。

二

河北民歌《小白菜》的两个版本。

A	B
小白菜呀，地里黄啊，	小白菜呀，地里黄呀。
两三岁呀，没了娘啊。	三两岁呀，没了娘呀。
跟着爹爹，好好过啊，	跟着爹爹，好生过呀，
就怕爹爹，娶后娘呀。	就怕爹爹，娶后娘呀。
娶了后娘，三年半呀，	娶了后娘，两年半呀，
生个弟弟，比我强啊。	生个弟弟，比我强呀。
弟弟吃面，我喝汤啊，	弟弟吃面，我喝汤呀，
端起碗来，泪汪汪啊。	端起碗来，泪汪汪呀。
我想亲娘，在梦中呀，	亲娘想我，谁知道呀，
亲娘想我，一阵风呀。	我想亲娘，在梦中呀。
白天听着，蝈蝈叫呀，	桃花开了，杏花落呀，
夜晚听着，山水流呀。	想起亲娘，一阵风呀。
有心跟着，山水走呀，	亲娘呀，亲娘呀。
就怕一走，不回头呀。	

河北民歌《小白菜》，我听到过两个版本（也许还要多），民歌版本多，原因是口头传诵。唱者唱，听者听。听者再唱时或记忆有讹，或另有心得，将原词变了，原曲变了，就多出一种唱来。多出的一种唱，或更好些，也许要差。

上两个版本，我先听到的 B 版。"桃花开了，杏花落呀，想起亲娘，一阵风呀。"叹其好，好得赞不上来。那么长一段的现实笔法叙述后，这一节只写感觉，"想起亲娘，一阵风呀"——说不出是什么手法，像马尔克斯，也像通灵术的呓语。"一阵风"给人的感觉是悲冷，生死不清的幻觉，平地起风，这时感到的孤单和冷像已在两界的边缘，甚至像死后。读这样的句子，每读一遍，脚下都起风。没法用准确或传神来说这样的句子，它摇了人心中原不大会动的那支灵旗。

听过后就记了下来。以为已是绝唱，不大可能会有出其右者。

A 版是一个小女孩唱的，前段的叙事没大区别，后边不同。不同者有二。先是 A 比 B 后边所言要多。再是，A："亲娘想我，一阵风呀"；B："想起亲娘，一阵风呀"。听过，一时对这两版的不同，伯仲难辨。B 版"桃花开了，杏花落呀"一句，给人以拉开了的感觉，有转折，也有容量。A 版没有这两句，像连得紧了，失了扩展的机会。但反过来看，A 版的后四句在整首歌中是一个转，是一个扩充深入。

就"一阵风"两句的不同——"亲娘想我""（我）想起亲娘"，一时也比不出长短来。再读，觉 A 版比 B 版要更好。"亲娘想我"原不可能，B 版有"亲娘想我，谁知道呀"句（常理也是人死了就再不能想）。但小孩子坚信亲娘必会想她（在这儿并不是想象，实在是主观，是武断的主观，比想象多了坚定也更有情）。所以她唱："我想亲娘，在梦中呀，亲娘想我，一阵风呀。"（平地起风，这阵风是亲娘来看我。风卷着纸走，风从草坡上擦身而过。）这种凝神的孤冷，真正读诗的人觉出悲凉。"（我）想起亲娘"也不错，相比却清醒了点，也少了那种主观带给我们的自由。

A 版的结尾，是象征，是死，是"我欲乘风归去"。"就怕一走，不回头呀。"是不忍，是"生存还是毁灭"的犹豫。

听郭文景音乐笔记

一

　　诗也好，音乐也好，最终的解释大概都是建立在误读、误听上的。你不可能有最终的解释，连作者本人也不能。我们无法还原到那创作最初，有时是无法言说的动机中去。帕斯说："诗是不可解释的，然而并非不可理解。"这话如果不错，那么你听一首乐曲、读一首诗更为重要的是把自己加入进去，凭着自己生活的经验、阅读的经验，走进去，走过它，像从春天走过秋天一样，带着作物出来，别管那作物是作者的还是你的。

　　这就有了说话的理由。

二

　　施蛰存先生《唐诗百话》中说："'蜀道难'是魏晋时代早

就有的歌曲，它属于相和歌辞中的瑟调曲。这个歌曲的内容就是歌咏蜀道的艰难，行旅之辛苦。李白此诗，以《蜀道难》为题，所描写的也是蜀道的艰险，所以它属于乐府诗。"

没有听过原有的《蜀道难》。

交响乐《蜀道难》非常想用朴素、民歌风来反对华美和文人气。这是奇思，也是个矛盾——李白华美的言辞在质朴的外衣中失去光芒。这也许不重要，我们只是想找到一个作曲的理由。但这个理由因要时时抓住原作不放，那么原作的华美就不可避免地要对质朴不停地冲撞，躲也躲不开。当一个听者没有听到"上有六龙回日之高标，下有冲波逆折之回川"那样的绮丽和凛冽堂正时，就仿佛觉得原有的那个《蜀道难》无意间消失了。这也许还不重要，初衷就是为了改变。不过从结果看，我们几乎无法得到一个全新的《蜀道难》，最终摆脱似乎被依靠牵得更紧。

虽然，我觉得以质朴反文人气，尤其在这个时代是非常必需的。李白大概是最不文人气的一个，但他的华美、气势实在难被淳朴包裹起来。

三

布罗茨基在《诗人与散文》中有一句话，"警觉高涨的情绪中潜伏的危险"。类似的话海明威也说过。过于紧张的表面是易碎的，我想感染不如启发。当听到过多的敲打时，会拒绝和躲闪。这有时牵扯到情绪的分配上，但最关键也许并不在此，放弃效果是勇气，有了这勇气才能回到自身。更多的人不是想在音乐里得到现实中的画面，是想得到心中的情景。这需要被启发出来，他不愿从头至尾被紧张所笼罩。《蜀道难》有栏杆拍遍的气势，但舒缓的地方，因其奇异，也没使人轻松下来。

四

借助四川方言和川剧的语调，用美声的合唱把它唱出来，这大概是作曲家的无奈。我们已不再满足换一种乐器、唱法来演奏、演唱原本熟知的曲调了（《梁祝》是代表）。当一种方言的想法被那些圆润的意大利母音表现出来时，我们得到的结果不是谱纸上的那个。就《蜀道难》来看，作曲者想象中的声音我们没有听到。我们更多地听到了一些合唱队员发声练习中的那种机械声音。我想这不是作者也不是听者想要的那种声音。

由此想到素材的表面性，和它在使用中被不断衰减的必然。东方音乐素材借助那些固有的乐器来表现，先不说它到底能有多大比例的相融，就根本来说，有着双方都会被削弱的可能。但这好像又是唯一的路，只能走下去。那么如能做到双方都可有所补充该是我们理想的结果（这也许不是作曲者一个人的能力能达到的）。

往深想，我觉更应该重视的不是那些片断素材的本身，而是找到东方精神的神髓。它们也许不只是表面的像，甚至可以表面不像，但要骨子里的是。曾听过一位韩国音乐家弹珈耶琴，有一只鼓伴奏。那种沉默般的"欲说还休"，使我感觉到了东方精神中的那种思的力量。它使我更深体会了"大音稀声"这话。我没有记住那些曲调，我也没有分辨它的地域性，我只是直接感到了它是东方的，它有久远的根源，与我有关。当然，这有一个所用的乐器问题，但与其让那些固有的乐器来改造我们的初衷，不若由我们去化解那些乐器的局限。这大概由神髓入手，比只是找音乐语言素材来得更根本一些，也更能完善作曲家的原旨。

想起诺贝尔文学奖给日本作家川端康成的授奖词："……以一种充满技巧的敏锐，表达了最具民族性的日本灵魂。"他们提到了"灵魂"这个词。

五

《峡》和《川调》是我最喜欢的两支乐曲。我听到了一种随意和自由。创作中的自由首先是出于自信。有次听冼星海的《黄河大合唱》，发现合唱队有的声部在唱"隆格隆格里格隆"，想他怎么敢，怎么这样地不顾及。再后来才觉出他是多么自由。

"五四"，我觉也有种负面的影响，即中国知识分子的自信心的丢失。尤其艺术上的追随更多地表现在不自信上。这种自信心的丢失，会造成很长时间的不知所措——追随人家会丧失自己的位置，坚持自身又显得不够理直气壮（抗日战争有些例外，它唤起了民族精神）。不自信就谈不上自由。

再有，自由也是对作曲前的一个想法的摆脱。一件不那么明确，甚至有歧义的作品，它的涵盖更广大，更有可能。我们不需要从头至尾的昭告和解释，我们更需要乐曲或者诗对我们的作用，这与任何人说的主题与想法都无关。我们可以不完全懂"沧海月明珠有泪，蓝田日暖玉生烟"，但我们更不愿听一些人对它的追踪和解释（甚至是作者本人的）。像王世贞说的："李义山《锦瑟》诗中二联是丽语，作适怨清和解，甚通。然不解则涉无谓，既解则意味都尽。"真讲通了反而索然无味，诗曲大概都这样。

一个时时想告诉别人什么的人，更多地显出的是不自信，是不自信"人类一思索，上帝就发笑"。

在《峡》中我更多听到的是江的声音，峡在内心那个看得见的地方。《川调》质朴，像自己和自己在交谈。想起叶芝的话："我们在和别人争论时，产生的是雄辩；在和自己争论时产生的是诗。"这乐曲更接近本质，不张扬，它的力量也就在平白中。

相反《川江叙事》过于表面，它们太具体了，尤其闯滩和号子类的形象描写。我们想要得到的那个川江，可以不是看见的那个川江，可以是作曲家心里的那个川江。如果从画面到音乐，就会绕过"心"那个最重要的地方。这乐曲从骨子里没有与《豫北叙事曲》《三门峡畅想曲》类的区别开。

六

想起一个问题。这问题是听过《狂人日记》想到的，但它不

175

涉及这部歌剧，甚至和郭文景的音乐也没有关系。

听过一些由国内而海外的作曲家的作品，有限，但可以当作说话的理由（其实想说的问题，不只限于音乐，也包括文学和其他）。

有一类作品，国人接受它的理由，更主要的是从现代音乐的角度来看的。它们被接受的原因，大概因为代表了来自西方文化中心的声音。它更多的是被"现代"这个词解释着。但还是这个作品，真换到文化中心去，它被接受的理由就会改变。没有人会更多地因"现代"这个词去接受它。他们会认为这是一个民族的，一种地域性新鲜的东西，他们大概本着了解或猎奇的心理来接受。同一支乐曲面对两类人、两个地点，就必须变换个截然相悖的理由，来求得接受，我想这首先给人的感觉是不够真实。这不真实几乎加入了作者的预谋，就更为可怕。

这种现象在中国文化领域中有着很长时间的存在，新文化先贤胡适先生，对国人可以大谈西学，真到美国也只是开一个"中国文化土产店"的份儿，否则哪有位置。林语堂先生在海外最畅销的书也是谈中国人的民风民俗类的。这现象虽与音乐上的不全一样，但基本相同。

在海外，他要以一个中国的身份找到位置，在中国他要借"中心"或"现代"这些词另找一个位置，否则将难以突出。不用细想，这两个理由原本不相通，但因文化的差异和地域的差别等原因，它们可以长时间地存在。

如果是客观的误解，我想一切都可调整、原谅。反之则要警惕。

我感觉到有些用中国特有的古典名称创作的作品，最终的目的是背弃。它们的名目和它们的创作坐标并不一致，它们期待的听者不是背靠的土地，而是面对的"中心"。看林语堂的《吾土吾民》最深的感觉，就是你反而不该是读者。你正在不真实地被同胞说明着，这与川端康成的《美丽的日本》有根本的区别。最大的区别是坐标的区别，你贩卖的是你认为别人需要的，而不是作为艺术家心内最想呈现的。你的坐标和你的历史与你的人民没有关系。

（话说回来了，这既要说到中国知识分子的自信和自尊，同时也应该看到这种现象存在的特殊时段和它的必然。长时间的封闭，必然产生交流的需要。就交流的需要看，这现象不论初衷如何，它曾有过积极的意义，它打破固有，带来了可贵的否定，给艺术提供了更多的可能。但随着时间的改变，一个真正的艺术家，他就绝不该只是一个传递消息的信使，他们如不更多地回到艺术本身上来，那角色就会变得日益不真实，甚至可笑。）

艺术家会对这种存在越来越焦虑，他们总有一天会觉出我为什么就不能把自己放在一个更大的桌面上去平等地写作。

这现象还会持续下去，需要时间来融会贯通，需要更为激烈的焦灼来冲破隔膜。这个世界并不大，科学的发展使界限在消除，你可以站在世界上面对全人类。没有人把贝多芬、肖斯塔科维奇归为哪个民族的作曲家，那样说的话，我们的世界反而小了，支离破碎。面对他们，我们只有用"世界"和"人类"这样的词。

<h1 style="text-align:center">七</h1>

听了《狂人日记》后想到这个问题，其实就这部歌剧（只限于听）而言，什么也不能说。也许是我在其中体会到了一种真正的焦灼，一种中国知识分子早就应该出现的焦灼，我珍视这表现。郭文景的音乐中，还有种我期待的真实，脚踏实地，不管如何，他没有那种取悦和音乐以外的张扬。我觉得他的音乐中有注视我的眼睛，而这种目光在一些（包括海外）作曲者中已缘悭一见。很多问题都在解决中，没有真实，没有自信，我们也不会自由。

惠特曼说："唯其存在着伟大的读者，伟大的诗歌方有产生的可能。"对作曲家的要求，其实也是对一个听者的要求，对整个社会精神文化的要求。如果从这点看，一个社会没能产生好的作品，当然有听者的责任。一切在期待中，它将到来。

《图兰朵》乱弹

　　普契尼对这部歌剧的脚本极为重视。我们现在没有机会看到戈齐当年感动过普契尼的原作《图兰朵》是什么样子。在新剧本的编写中，"普契尼不愿把残忍而美丽的中国公主写成一个单纯的女人，而希望把她写成有一天也会渴望爱情的女人"。我想这部歌剧的生硬的故事结构就是这样产生的。

　　现在我们看到的图兰朵公主既不单纯，也没有渴望过爱情。就戏剧女高音那通畅而壮阔的唱段，使我在音乐中也很难看到她的美丽。图兰朵很像一个被教育后变好了的《魔笛》中的夜女神。

　　这不是一个爱情的故事，美丽和爱情在这部戏中只是个概念。这是一部不懂得爱的女人被智慧所强暴的故事。当图兰朵手中的杀人武器（三条谜语）——被识破之后，她觉得自己完全被剥光了，赤裸着在众人面前，女人的爱情怎么能由被迫产生呢，只能看成是强暴（大都会 1988 年录制 Marton 与多明戈主演，泽菲莱利导演的那一版，在这点上表现得非常明确。图兰朵公主在

第二幕上台时扎着六支靠背旗，当三条谜语都猜对了，每对旗子被一一摘走后，素雅的站在台上毫无遮拦的图兰朵像一块晾在砧板上的肉了）。图兰朵是一个以肉体来抵偿智慧之败的冰冷女人。用这样的女人来表现爱情是绝对要失败的。

在这部戏中如果说还透露出了一点爱的话，那就全都在女仆柳儿身上。柳儿含蓄而赴死的爱情精神有着东方女子古老的爱情观念，她或多或少会让人想起《霸王别姬》一类的故事。

猜对了谜语就入洞房，这绝对是一种以智慧来诱人强奸的戏。戏如果只进行到这儿的话，可能根本就演不到今天了。普契尼或脚本作者没有这么傻，戏演到谜语都猜对了的时候，他们也意识到了女主角的爱情还没有来，所以生硬地加入了图兰朵要赖的情节——当三条谜语都猜对了后，图兰朵对国王唱道："请不要把圣洁的姑娘交给陌生的年轻人。"他们想在这个情节之后再加进去爱情，已经晚了。先是卡拉夫奇怪地提供了一个"请猜出我名字"的权且说成是"卡拉夫式的机会"吧，继而柳儿在关键时刻，再以生命来教育图兰朵"爱情比钢铁还要坚强"，并极为笨拙地预示出，"她那冰冷的心不久即可消融"。这些手法对图兰朵的爱情都没有什么作用。柳儿用爱情来教育爱情，图兰朵几乎又被柳儿强暴了一次。图兰朵似乎是在被不断的强暴后才懂得了爱情的。观众可想而知，这样的图兰朵式的爱情还有什么味道。

就剧情来说，这是一部极为失败的混乱的戏剧（没有人要求你对一部已经深入人心的经典剧说三道四。何况做这样事有点过时了，谁会为你的话去改写剧本），但作为歌剧，出自普契尼之手的歌剧，这些无处不在的败笔却变得无足轻重。在说了那么多的不足之后，我必须承认，这是我最喜欢的歌剧之一。其中卡拉夫的两个咏叹调，与柳儿的两个咏叹调，是我非常非常喜欢的；还有就是第二幕开始时，平、庞、彭的三重唱。

我再一次地想证明歌剧的脚本之无足轻重，同时对歌剧脚本的评说更无足轻重。虽然我一直有写出一部歌剧脚本的理想，（写这篇小文时，我还没有写歌剧《夜宴》脚本，此歌剧后由郭文景作曲，于1998年在伦敦首演），但我不得不承认歌剧还是作曲家表现的天地，脚本只是一个提供能写出音乐的缘由，这缘由当否并不十分重要。

我听过三个版本完整的《图兰朵》。一个是1996年中国歌剧院徐晓钟导演的现场；一个是刚说到的美国大都会的那个LD版；再有卡雷拉斯也是与Marton合演的CD版。按理说这不构成说话的理由，但对理由的要求有时就是没理由的，看过几个就说几个的感想吧。

柳儿是这部戏中最讨巧的一个角色，她取代了图兰朵而肩负着表现爱情的重任，当然这爱情让她表现起来是那么重。

她的两个咏叹调都很好听。我说的好听不是把它拿出来独唱有多么动人的效果，恰恰相反，单独唱并不会有多大的效果（音乐会上唱得不多是个例子）。这是调整歌剧中的呼吸的两段唱，它在《图兰朵》中起到了宝贵的作用。《牛津音乐词典》说（我对这部词典中的话往往姑妄听之，但我还在频频地引用它的话，是因为我有关音乐的书确实有限）"尽管这部歌剧缺少高潮"。我对这段话正好有相反的印象，尤其是大都会的那个版，不是缺乏高潮，而是涨得满满的，充满了效果和高潮，想想图兰朵那些撑得大大的戏剧女高音的唱段吧。鉴于这部戏的行进太重了，所以柳儿的两段唱"你听我说"和"爱情比钢铁还坚强"就更为可贵。我有体会，她唱时，场内的观众此时不是那种被动地被合唱或乐队的湖水所淹没的感觉，而是凝神地进入。凡是剧场的演出，柳儿唱完了"你听我说"总会赢得满堂的彩声。掌声的一部分是给这优美的曲调的。就三个人（柳儿、卡拉夫、图兰朵）的音乐来说，柳儿也是最具东方色彩的。

在《图兰朵》中柳儿是普契尼的一个完整的完成，在写到柳儿死之后他就病逝了。柳儿的死偶合了普契尼的死，无形中又给这段凄婉的独唱加了些内容。

卡拉夫——有本唱片指南类的书，在评论帕瓦罗蒂所演的卡拉夫时说："即使他以有头无脑的外貌形象来扮演冲动莽撞的剧中男主角甚为切合，但若是要强加深究，他的表现仍是有待加强。"我没有看过帕瓦罗蒂的演出，但我对用"冲动莽撞"来给卡拉夫定位，倒是觉得过于冲动莽撞。

卡拉夫是一个极为不合理的矛盾的人物，他对爱情的理解一塌糊涂。图兰朵还是一个可被感化的人物，卡拉夫则是个无从下手的人。他先是不懂得爱情，他的爱情观中加入了更多的挑战、征服和戏弄。他与图兰朵在第三幕中的接吻，是我有史以来看到的最生硬的接吻。再有他对柳儿的无情使他变得不仅不可爱，而且自私、野蛮。在第一幕柳儿唱过"你听我说"之后，卡拉夫唱了一段"柳儿，你别悲伤"，大概的意思是想把老国王托付给柳儿。卡拉夫穿梭在两个女人之间是盲目的，他对图兰朵也谈不上爱情，更多地可能想显示出正义。靠猜谜既想赢得女人，又想表现英雄行为，这样的卡拉夫如果以后把他解释为一个混混的话，或有新鲜感。

最让人不理解的就是给了图兰朵一个猜名字的机会，除了他想让柳儿去死外没别的理解。这个人太不可爱了。

多明戈是唱得最不好的一个卡拉夫，他高音的不稳定还不是主要的问题，关键是他对音乐处理且仓促且毫不讲究。当我第一次听他唱的"柳儿，你别悲伤"时，对他不负责任的粗糙几乎愤怒。卡雷拉斯这段唱黏稠而细腻，卡雷拉斯从来不会放过表现诗意的时候。我还听过斯苔芳诺的这段唱，一如既往地抒情。

这部歌剧中最有名的唱段是卡拉夫的"今夜无人入睡"，它之所以有名，必须要明确一点是这首歌很适合作为音乐会的结尾，可收豹尾击石之效，所以它不断地被男高音音乐会选用。两次的三大男高音聚会（这篇文章是1997年写的。1998年他们第三次合作，也唱了），都用了这一曲目，还有一次当作了结尾。帕瓦罗蒂来京的演出也是用这首咏叹调结尾的，它最后的雄伟壮阔的高音B确实能使人兴奋不已。

听到过众多的男高音唱这首咏叹调，科莱里的壮阔无人可比，他几乎在声音上塑造了一个憨厚的卡拉夫。

毕约林唱得慢而抒情，不知为什么我觉出了儒家的温良敦厚，但平心而论，他没有唱得更卡拉夫化。

卡雷拉斯平平，多明戈不至太差，斯苔芳诺的高音不够壮阔。

帕瓦罗蒂唱得从容而游刃有余，他的高音 B 有傲视群雄之感。他对此曲也厚爱有加，每唱必获满堂彩声。

国内我听过刘维维的一次唱，高音 B 吃力，倒是黄越峰的高音令人放心，杜吉刚、许林强声音都不错。

顺便提一句，我能用全世界没有一个人能听懂的模仿加自创的意大利语把这首咏叹调唱下来。原来高音 B 每唱必畏惧，后经半年练习，有一天，居然扶摇而上。那一刻的感觉像是这一声音不是从我身体中发出来的，它响着像是种自鸣。那感受真让人喜不自胜。

平、庞、彭——是三个人的名字，不过连在一起读，很像打碎东西的声音。或者剧作者就是经意地要用三个声音来代表人名吧，不过我倒是觉出了一些洋人对汉语发音的理解，就像我理解的法语总是茹、诺、肉一样的。

这三个角色很吃功夫，除了穿插之外，第二幕开始有十二分钟的唱，整个唱了一场，很复杂也很好听。这场戏也表达了洋人对中国人的那种符号般的理解。悠闲、忧伤、怀乡，其中总是唱"我的家乡在河南……"同时也唱什么"修竹，流水"等等，非常有趣——可以让我这样的自家人有种既熟悉又陌生的感觉。我非常喜欢这一场戏，仿佛用别人的眼睛看见了变形的自己，这种感觉很难碰到。三个演员要作要唱绝不容易，中国歌剧院的那个男中音很好，大都会的那个版本也很好。

这三个角色的音乐有效地表现了一种中国的味道，使这部号称中国公主的戏，几乎沾了一下河南的边，否则这部戏该叫匈奴公主或别的什么公主。

当然，我们也能看到当年的洋人对中国这一概念极为混乱的认识。现在也如是。大都会版的导演与舞美设计，让那些戏中人把秦朝的服饰、晚唐的冠、白蛇、青蛇、玉皇大帝、土地神、金殿、竹桥、香几、团扇、龙袍、马褂、瓷壶、风灯、腰刀、戈、幢、幡、凤冠、靠背旗、羊皮书，都在一幕戏中用上，估计这活让一个国人来练，让他无限制地发挥想象力，打死他他也用不到一起去。京剧行话中有"宁穿破，不穿错"之说，小道具叫"砌末"，服装等叫"行头"，该穿什么不该穿什么很严格的。

大都会版《图兰朵》的导演不管这些，我想他在排演之前必定看了很多很多的中国资料。这些资料在他的面前，像一堆五颜六色的糖果在小孩子的面前一样，他喜欢什么拿什么，什么好看拿什么。

感谢普契尼写了这样一出大场面的、可以从宫廷展示到民间的戏。导演泽菲莱利把他对中国的理解一股脑儿地全加到戏中去了。比如中国有要饭的，他第一幕必然要加上乞丐；中国有和尚，他就由小和尚处理了那段童声合唱；中国有侠客，第三幕开始，他让一些握着单刀的方巾汉在地上摸来摸去。我坚信他对中国的认识是符号式的，他把他所囤积的符号组织起一个庞大的场景，煞费苦心地进行了他认为是热闹或者说是美的搭配。这种搭配所依靠的唯一准则是随心所欲，至于时代、正误都不在他考虑之中。

　　导演觉得皇帝穿黑袍子更能压住繁花似锦的舞台，他觉得皇冠没有县官戴耳翅的帽子好看。所以他让皇帝穿一身黑，戴了一顶县官的黑帽子坐在中间，而旁边的两位太监却是穿了黄色的龙袍，戴着北宋皇帝的长翅官帽。

　　在一个场景中站着的龙套的服饰是从秦到清，乃至近代无所不有。（就差没把国防绿、蓝制服都穿上去了。不过即使穿上去我也不会惊讶。）那种舞台给人的感觉像梦幻一样。

　　所以现在我不得不承认，我喜欢大都会的这一版《图兰朵》的舞台效果，它给我们带来了游戏的感觉和梦幻的视觉效果。这也只能是一个国外人能想到能做到的。

　　《图兰朵》很多人说是普契尼最杰出的一部歌剧，就喜欢的程度而言，我同意这一观点。因为这部戏所提供的不断更新的可能性极为充分，它几乎可以变成一个梦工厂，它具有常演常新的可能。当然如果在资金或人力上有限的话，也只能排成中央歌剧院的那种从头到尾不变布景的样子。这一版《图兰朵》是朴素的，与大都会的比，朴素得近乎裸体，但也该算是一家之版。我对此版唯一不解的是，原本说是中国人拍中国人的事儿，怎么让人觉出这出戏跟中国没什么关系来了。

　　文章写到这儿，好像没有更多地说图兰朵这一角色。这角色在第一幕没有出现，但她是主角，她的唱段并不好听，这是个卖力气不讨好的角色。

后记：

文章写成于 1997 年夏天，后来我确实写了一部歌剧的脚本《夜宴》。

我在 1998 年 9 月 8 日看了张艺谋导演、祖宾·梅塔指挥的《图兰朵》。这是一个音乐与舞台调度分离的版本，这是一个实景加上实物而少有呼吸、节奏零乱的版本，是一个没有梦幻、丢失了歌剧的版本，大概像一个旅游节的开幕式。

神秘的汁液

李渔说过："丝不如竹，竹不如肉。"就所有能发出声音的乐器来说，人声或许该是最为美好的。

富尔特文格勒在论指挥时曾说过很多次："指挥能使管弦乐队唱起来，这无疑是了不起的。"他还说："使一位指挥家把极短的乐句演奏得像声乐一样平稳连贯。"他的感觉大概与李渔差不多，都把人声视为很高的境界。想吧，乐器如果唱起来，有呼吸，有搏动，有心驰神往，实在不是件容易的事。

一个美妙的人声，一定有很多无意识的，或说意识不到的东西在控制。比如说，你并不清楚在唱弱声时，你的喉头括约肌会去怎样地欲擒故纵；唱高音 C 时，你体内的胆汁要怎样地激荡偾张。你只能以意识来命令它，它怎样地动作你看不见也无法用机械的手法去改变或说改造它。我越来越清楚的是，人身体内有许多奇怪的汁液掌握着音乐中最富神韵的部分。这些汁液使你情绪化，也感染着别人的情绪。这些汁液丰富的人大概是我们说的天才。

一把小提琴自身做不到去感染，除非你把它看成自己身体的一部分，或者你认为它已经与你融为一体了，但在大多数人中那些神秘的汁液并不丰富，他们更多的时候是清醒的，或情感地、机械地用通过练习而获得的技艺在操作。那种更为微小的身体内生物性的运作无法传递到皮肤的表面来。"这个人的乐感不好"，我们通常会这么说。"乐感"这个词如果落实到身体内它是什么样的化学成分呢？

　　也不是完全地不可传达的，因为我们总会看到奇迹，那些被称作是有神助的天才，他们是懂得如何把神秘的汁液传达出去的极少数的人。

　　托斯托伊说："艺术活动的百分之九十五是可以学到的常规工作，更重要的是剩下的百分之五。"一切的差别都在此了。剩下的百分之五除了你自己之外没有一个人可以给你，就好像没有人可以教你唱 High C 时血的流速该是多少一样，我相信那主要是天分所致。

　　这东西听起来那么神秘，甚至不是奋斗和希望可以企及的。但我不愿把这想得太绝望了，像中国古诗中的理论"功夫在诗外"一样，起码我想那些百分之五大概是可以通过自己对自己的唤起，一些艺术的神秘汁液的唤起来获得吧。

　　富尔特文格勒指挥的"贝九"（1951 年拜鲁依特音乐节），我能感觉到他那种对整个乐队的神秘汁液的唤起。那不是用"精神"或"神秘"这些词可以解释得清的，他更多的不是激发了乐队，而是把神秘的汁液分发给了乐队。

他不准确的指挥手势和乐队极为整齐的演奏之间的关系，被那些不懂得神秘汁液的人解释为"无数次的排练"所获得的。恰恰相反，富尔特文格勒是一个反对过分排练的指挥。"我认为排练的作用往往被过高地估价。大量的排练乐队所获得的成果，不如在短时间内通过指挥者的自然感觉和乐队的默契来实现。"神秘的汁液不是靠排练而获得的，也许越排越僵，而"自然的感觉"是一种焕发的条件，这样才有种新鲜感。当然，我想这新鲜该建立在一种群体的神秘的汁液的默契上。

很多人一生没有进入过艺术，虽然他们是学艺术的，他们在百分之九十五的范围内完成得很好，但百分之五一点儿也没有。尤其在学院中学艺术的人，那些神秘的汁液往往被榨干了。因为学院总是把百分之九十五当成百分之百来教。

比喜悦更难得

当你匆忙吃完了晚饭，换身衣服（最好换一身），赶到歌剧院或音乐厅去看歌剧、听音乐时，一天最好的时候就要到了。

你还没走近那剧场就看见有人在等票，他们手里举着钱，用渴望的目光询问你。你有票这是一件最为庆幸的事。你从那么多举着钞票的手中走过去，音乐会还没开始，你已预先有了一点兴奋。

大厅里三三两两地站着一些人，如果你敏感一些，你会发现很多熟悉的面孔。他们并不认识你，但你在一些场合中看见过他们。他们是名人，他们暂时把大厅当成自家的客厅，与所有相识的人打招呼。演出之前或幕间休息，大厅永远是重要的社交场合，有一些消息在这儿传播，有一些人接受着别人的恭维。这些与音乐没有关系，但它永远是音乐会的一部分。

你是一个小人物，你想在音乐开始的时候静一会儿，你走进还没有什么人的大厅，你看见台上的乐器已经摆满了，谱架上的乐谱已打开。你找到自己的位子坐下，看着节目单上的那些曲目，读着指挥或演奏者的简历。在这一刻，你不会想起近期来任

191

何不高兴的事，你不会为某件与音乐无关的事分神，你暂时脱离了你已经有点厌倦了的带着你到处跑的生活轨道，这一刻是最放松的（放松甚至比喜悦更为难得）。

演员们上来对弦了，他们都奏出一个声音，一个平直的音。然后是观众入场。接下来总要有一会儿的安静，非常安静地等待。大师出现了，神采奕奕，接受掌声，而后是音乐——震动你，感染你，启发你的音乐。……过了不知多长时间，音乐结束了，你站起来走出去，你觉得现在正走出去的你和开始走进来的你有了些不同。你也许说不出来，但你知道。

音乐的力量不止像孔老夫子说的那样——听了齐国的韶乐后三个月尝不出肉的滋味来。我觉得它有时更像一种无法取代的清水，它先是进入你的身体，然后在那里边渗透、搅动，最后带着你原本无法化解的淤积冲出来，它使一个人通透。有这样的例子。尼采在第一次看过《卡门》后说："我发现了一种新的幸福，歌剧，比才的《卡门》。"在第二次演出时，尼采正在生病。他抱病前往，没想到歌剧看完后他的病骤然消失。

音乐能治病大概是她的附带功能。我不能给音乐下什么定义，但我的感觉是她开阔着每一个听者的世界，她甚至比文字带来的东西更加广阔。她有时说不出来（这也许是说的局限），她更容易使一个听者加入进去，不论你是什么样的理解，她都不会说你是错的，所以有"一百个人就有一百个贝多芬"这话。

我一直喜欢与人声有关的音乐作品——歌唱。人声对我的感受超过了别的一些乐器，或者可以说我认为人声是最美的乐器。

帕瓦罗蒂来北京的那次，我曾尽我的能力追踪他，从展览馆剧场的音乐会到天桥剧场的《艺术家的生涯》，最后是人民大会堂的超盛大音乐会。我听到他的第一声唱，心里的感觉是骄傲——为人类有这样热情的声音而骄傲。老帕是个天才，每一个听过他唱有九个高音C的那段《团队的女儿》的人都会这样认为。他是人类的一个杰作，也是一个偶然，大概很难有人再那样了。

有一个时期我非常喜欢另一个伟大的男高音卡雷拉斯，他在歌唱顶峰时不幸患了白血病，也许神对伟大艺术家的恩泽有加，他活过来了，并且复出。他唱得更为诗意，他是一个对生活和生命有更深理解的歌者。我有一张他唱的《MISACRIOLLA》，这是黑人的弥撒曲，简单而淳朴，他处理得极为入神。我感受到了一个面对过死神的人的深刻的静。

就唱法上来说我更喜欢科莱里（在这篇文章之后的现在是更喜欢毕约林），他是英雄男高音的典范，他俊美的形象和壮阔的声音使很多伟大的同时期歌者都相形见绌。由于电子科学的发展，我想再不会出现这样伟大的男高音了，今后的男高音更多时候需要那个大功率的话筒帮忙，他们不必再全身心地投入，全身心地歌唱。

在上学时，每到大考之前我都一遍一遍地听男高音的歌唱，我觉得他们调整了我的紧张情绪，给了我一种英雄上战场般的热情和激情。这感觉后来被一则医学上的消息印证：高音C可以使一个听者的肾上腺改变，使人激动，情绪高昂。这可能又是一个音乐的附带作用吧。

她和唱片

我会因一枚图钉想到陀螺；一只衣服夹子想到收紧翅膀的鸟；一根大头针，无论如何，联想到唱针是桩顺理成章的事。我会因为唱针而想到一个小时接触过的女邻居。

唱针能在旋转的唱片上读出声音，我一直以为这是最复杂的科学。这种复杂中包含着亲切——它把一切都暴露给你，唱针和唱片间的密谋也是公开的，而你依旧会意外。它显示的是一个人的高超能力，不是一群人的。

从胶木唱片到激光唱片，人们拿唱片的手法没什么改变，都是小心着怕碰到有声音的部分，那些声音的脆弱和神秘只有在这个手势中才能显现出来。一台老式的唱机，当尖利的针跟着声音走下去时，你会觉出这些声音比你想象的要结实得多，它们经久不衰。

我最早接触到的唱机，属于家在九栋住时对门的邻居。这邻居没有结过婚，是个很高职位的女工程师。她健康，骑自行车，上楼的声音轻盈有力，进出总一个人。我觉得她奇怪又孤单。

那天，我和三哥费力地帮她打开了一只奶粉瓶的盖子。她客气地邀我们两个人去她家听音乐。三哥没去，我去了。

她住着三间房，她的家有种孤寂的气味（二十年后，我在另外一个单身女子的房间里也闻到了那种味）。她问，你想听什么？（二十年后，在那间屋子里那个女子问的第一句话也是这，我知道这是种巧合。）那时我对听什么还从来没有过选择，什么也说不出来。她说听奥依斯特拉赫吧（二十年后的那个女子没有说出这个名字）。

她打开了一个落地收音机的盖子，在挑选唱针和放唱片时，我认为她有几分炫耀（这感觉后来发现是错的，一切当着人面的操作都会被误解为炫耀）。

那支曲子是门德尔松的 e 小调，十几年后我曾试图把它拉下来。

她为我泡了杯牛奶，用的是刚打开的那瓶奶粉。她表示谢意的方法非常隐蔽，她没有在打开瓶子当时就为我们冲牛奶，如果那样，这一切都不会进入回忆。

我还没有专注地对着一部机器听音乐的经验，我被那张唱片的旋转吸引，我觉得音乐其实在为唱针和唱片的旋转伴奏。在旋律中我把那杯牛奶喝光了。

要走的时候，她头发散开，穿着拖鞋从另一间屋子里出来送我。一瞬间我觉出了"女人"这个词（那时我十岁，四年级），女人，不是姐姐、妹妹、母亲、姑姑、姨……是女人，我当时认为这个词在芳香之外有种忧伤（这感觉一直跟随着我）。

以后又去过她那儿几次，曾带着三哥交给的任务——看她的屋子里有没有男人的照片。没有。她没挂什么照片。

　　后来她变得有点不经心，有次放了唱片，忘记打开底下的扩音机就走了。当时我听到了一种微小奇怪的声音，像牙齿在歌唱。唱针在唱片上走着，音乐细微，我感觉在嚼着风中的沙粒。

公主、仙女和音乐

那时我还非常小，上四年级，睡在家里一张靠墙的单人床上。我每天晚上八点就上床睡觉。我暗恋上了第二个学期教我们音乐的女教师，她那时大概十八岁。我爱的表现是，不论在什么地方见到她就心慌，我宁可远远地看她，或在积满浮土、有阳光的墙角旁坐下来想。那时我觉得所有美丽的女人都应该是公主，我很想当着她的面叫一声公主，我觉得那样就表明了一切。没有那种机会。我发现她看我的目光和她看那些年轻男老师的目光不一样，在看我的亲切中缺少兴奋。

去年，我去一个大酒店找人，走进大堂，看见一个英武的年轻人，抱着一位喝醉了的娇小女子，从豪华的衣冠丛中走过。他昂首挺胸，有一架钢琴在角落为他伴奏，那场景像春天一朵花在另一朵花的上边开放。我想起那个音乐老师，这是我小学毕业到现在的漫长日日夜夜中，无数次想起她中的一次。我踩着那琴声向那架琴走过去，一曲终了，我问那个弹琴人能不能弹首《牧童短笛》。

上音乐课时，同学们先在走廊站好，她弹琴，我们迈着步子鱼贯而入。其实我们的手都很脏，音乐能使一副早上没刷的牙闭紧。我看她的时候，她的目光散乱地对着我们。

班里有个女生特别爱哭，每次叫她回答问题，她都站起来默默流泪。她的哭已经使她的名字变得心惊肉跳。那天是为了一个切分音的拍子，泪水使老师失去了判断（她毕竟年轻）。那时的空气，像雷雨到来前一样潮湿起来，我几乎预感到，瞬间的合唱要改变成齐声哭泣。我站起来，准确地数了一遍切分音的拍子——×××。我觉得那时的我像一缕阳光，我挽救了在悬崖边上溃散的马群，当我们重新回到一首歌中去的时候，我淋漓尽致地发挥了高音，那首歌叫《全世界无产者联合起来》。

下课以后，她摸了一下我的头，她的手没有我想象的那么软。我失去了唯一的一次叫她公主的机会。当时我挑剔地以为，她应该看着我，并拍一下我的肩膀。

那天夜里，我躺在小床上没睡着。我听着收音机里放的话剧《孔雀胆》，第一次觉出了什么是悲剧，我觉得悲剧是因为爱而产生的，因为我爱所以我第一次忧伤。那时我也许说不清楚原因，但心里不是滋味。

第二天，我准备把整出的《孔雀胆》都带到课堂里去，我学着那些人的声调念："父亲，他来了吗？他在哪儿？"

……同学们惊愕地看着我。

音乐教室在二楼，它的窗外是个大煤渣堆。有天放学，我站在煤渣堆上，听着她唱歌，自弹自唱。她的声音像碎裂的礼花打在我看见的傍晚天空，我现在还记着那支歌，那歌和当时的情景没什么关系。在副歌中要唱一大段"来，来来来"……我突然觉得我已不想再叫她公主了，我想叫她仙女，如果有机会，我一定要叫她仙女。

补袜子与《罗汉钱》

　　看过最大的评剧名角是新凤霞、魏荣元。我家里本是南方人，想不通母亲为什么喜欢看评剧，许是评剧有种悲切、温暖的平易感吧。那天看的戏现在已记不起一点剧情了，记得新凤霞一出台走了圈快快的碎步，后来我看到"满台生风"这词便想起那碎步。戏在长安大戏院演的，观众席是半圆形地面对着舞台。我们座位很靠前，看起戏来要仰头，那时我大概小学五年级，很不习惯那些铙钹的金属声。我对评剧的印象是，它没有戏剧的感觉，它太像一群人在讲一个故事了，现代的故事；也特别像楼下王奶奶和李婶聊天，那些神秘的样子就是我理解的评剧的表情。

　　但我对评剧的唱腔非常喜欢，新凤霞有一个腔是疙疙瘩瘩拖出来的，后来听说那就叫疙瘩腔。百转千回，欲行又止，有种迷人的复杂。那时评剧有着现在流行歌曲的地位。有一年春节，我们家的收音机总在放《夺印》的唱段，我发现有些人走在路上也那么哼着。上音乐课，高老师教我们唱何支书的一段唱腔。她先说了评戏的起源，我后来记住了，评戏源于"莲花落子"，它是个很平民没有多长历史的剧种。学习唱后，我们还考了试，一个原籍是东北的同学得了 5 分，高老师说他唱得有味。我得了 5 -，声音不错，没味。在以后的日子里，我发现我对所有唱味的歌都唱不好，还不仅是口舌的缘故，是心，我的心拐起弯来也是特别慢。

有年冬天感冒了，几天发烧不退。小时发烧给我留下的印象，一是出汗，从悬崖上飘下；再有就是被母亲深夜摇醒，吃药。那天夜里又被摇醒了，吃过药后就精神了，看见母亲在台灯下补袜子。那时补袜子，先要把袜子套进个袜板里撑开了，再找相应的布，剪出圆而有形的形状来，一针一针地补。母亲边补袜子边听着收音机里的评戏。光很暗，戏的声音也很小，一会儿看见母亲流泪了，先以为是因我生病了心疼的，后来觉出不是，是为戏在哭（以后几次看过母亲哭大多为电影戏剧，有次她和妹妹在家看电视越剧《梁山伯与祝英台》，忽然两个人都哭起来了。我正从外回来，不知所以，后来觉出有种家的亲切，我不知那出戏叫什么，只是觉得唱得很悲哀）。看着母亲哭，我就背过身去了，小小年纪心里生出种责任感，觉得不该再病了，那样太脆弱。

第二天烧真就退了，问母亲昨天听的什么戏，告我是小白玉霜唱的《罗汉钱》。

后来，那就是我对小白玉霜的印象，深夜，发烧，缝补，孤单。我一见到"小白玉霜"这四个字，就想起那夜的场景。后来才知道她一生的确很凄凉。

201

评剧、越剧的悲哀，京剧都很难表现，前者大多是才子佳人，后者长于帝王将相。京剧总是显出智慧的冷静来，它时时告诉你，这是艺术，我在演戏。京剧有种老北京才有的那种见多识广，诋毁浪漫主义的劲儿。它之于悲剧就是想演出不同身段，唱不同的腔。如《失子惊疯》或《霸王别姬》，没有一个人是为剧情去看它的，都是为了水袖，或是为舞剑。这大概是一门成熟艺术的结局。

评剧依靠剧情的成分很大，它非常适合演现代的戏剧。这是它在"文革"前那几年上升的原因。

但"文革"中，至"文革"后，评剧几乎没有了什么地位，与个别人的喜好有关。前几年我住的大柳树附近，还有个院子挂着海淀区评剧团的牌子。这些年牌子没了，换了个什么公司，这很像演阮妈的赵丽蓉，成了个小品电影的大角色了。

评剧到现在大概与我的这篇文章的情景相似，成了些怀旧的材料。

午间闻笛声

街上有很多种人，有一种人最近才见。他们背着一串二胡，夹着一捆笛子，边走边演奏，用流行的电视剧乐曲招徕顾客。

他们也常坐在人多的街边，在喧闹间吹着，音调简单，和经过他的每一个脚步都合不上拍。

他们手里的物件都制作粗糙，响，但音不准。他们用这种乐器演奏，有种随意和自得的感觉。呜呜的乐段，传出来，你要在心里做音准和节拍的更正。倘若你也是个被生活中的练习曲（邻居的、儿女的）折磨过多年的人，你听着他的曲子便会从心里生出种高兴来。真的高兴。

这些乐器都卖给谁了，不知道。没怎么见过人买，他们大多数时间在演奏，很少交易。

有一个人的笛子也许是从他们手里买下的。

昨天中午，见楼下树荫里，一收破烂的小伙子在摊了一地的旧书报纸酒瓶中，吹《新白娘子传奇》中的一个乐段。他吹得特别认真，有个装饰音反复练了好几遍。练好了他就连着吹下一句，吹过这句像是很满意（抑或气接不住），他就停下来，用手把吹孔那儿的唾沫擦一下，再吹。有时他按错了指法，就把笛子拿下来，看看，明确一下又吹。他很自得，没有一点心思用在身边的破烂儿上，他当时的最大用心是要把那支曲子吹下来。那情景给我的感觉有点像"最喜小儿无赖，溪头卧剥莲蓬"那两行诗，一响抵十年尘梦。

没人把他吹的乐曲当成音乐。音乐要学，不是这样学，钢琴从拜耳始，小提琴从开塞。要视唱练耳；要有一本印好的乐谱，标明指法和强弱；要买一个节拍器，在它的晃动中，不快不慢地行进；要打骂喊叫，必要的时候塞糖果。学音乐的人是这样，那些在学音乐人的左近，每天被迫接受相同乐句无情鞭打的人更是这样。他们无处躲藏，他们要学会在最不想接触到音乐时，被音乐包围。他们没有理由逃跑，因为是音乐，音乐从来像"甜"和"幸福"这类字眼一样没有拒绝的理由。

那人不再吹了，他可能累了，在树荫下睡着，笛子在身上。这让人觉出点空落，没有那么长的手能越过窗，把那笛子取到我面前来。我小学时也买过一支笛子，C调的，没人教，自己吹着玩，笛膜没了就用薄纸或干葱皮代，一样响。那时没有把音乐想得那么复杂，只觉得把会唱的歌让笛子再唱一遍是件高兴事。

"何不再买一支笛子回来？就去那些街头转悠的人背上取一支……"这念头只出现了一刹那，熄灭了。知道就是买回来了也不会再吹，那样的心情没了是其一；再，对音乐的理解（也可说不理解）已让我手足无措。

没有谢幕的谢幕

　　戏结束了，谢幕开始。先出来的是次要角色，而后是主角，最后，指挥从乐池中上来，他站在中间接受观众的欢呼，接受演员的祝贺。而后再钻进大幕，掌声依旧响着，更整齐，对整部歌剧的每一个细小的赞美，我们都用情绪表现了出来。歌剧——这部歌剧——原来世界上并没有的这部歌剧——被制造出来的歌剧，经过了一百多年变成今天的样子，你的兴奋的缘由多么悠远和有根据。

　　这时有很多鲜花扔上台去，鲜花和赞美之词，会使所有参与了今夜演出的台上台下的人们，多少年后依旧兴奋不已。

　　9月7日下午5点，我看完了一张歌剧的视盘，看完了谢幕。转换频道，电视中黛安娜王妃的葬礼正在西敏寺教堂举行……我看到了另外的一种谢幕，同样是鲜花和掌声……她被抬着装上一辆炮车，她最后一次地经过伦敦的街道，躺着，已被粉碎。

　　悲伤被那日的阳光控制着，街上的人群站着——沉默！一万人的沉默，十万人的沉默，你看一眼就会被浸透的沉默。

沉默中的掌声，冰冷的冰碰撞的声音，黑铁的声音，空中的雨滴相碰的声音。我第一次听到那样的掌声，送葬的人们在鼓掌，沉默地鼓掌。没有欢呼，鲜花从后排人的手中传送向前，鲜花被抛向空中，落在街道上。炮车缓缓而行，被粉碎的她在哪儿，被追逐着粉碎的她躺在一只华美的灵柩内，碎了——她怎么就碎了！

这个世界没有给任何人这样的权利——当演员演过戏谢幕之后，我们非要跟着她到化妆间中去，看着她脱下戏装，解开那些绳子和扣子，看着她不演戏的样子，休息的样子，肩上是否有与剧情无关的痦子。即使你高举着"我喜欢你"的牌子，这世界也没有谁能给你这种权利，你不能因为喜欢而跟着多明戈去卫生间吧。

那七个见死不救的记者，就是要把演员追到坟墓中的人，时代变了——七个小侏儒追死了"白雪公主"。按报纸的说法是他们用了"夺命镜头"。

我们必须把台前幕后分开。公众人物很大的程度上像一名演员，她要把她的日常生活演给大家看。一个社会从来都需要公众人物，各种各样的，比如曼德拉、黛安娜、马拉多纳或泰森，各样的角色都要，让人们充分地体会着生活如戏。再高明的人也不能阻止社会的这种需要，像有无数孔洞的漏斗，我们要把世上的仁善、高贵、邪恶、仇恨都从这些洞中分别地漏给人们看。我们要看的东西很多。

但我们不能因为喜欢帕瓦罗蒂，而一定要弄清楚他的肚子到底有多重，该分清台前幕后。但这些话跟谁去说呢？因为爱而非要数清楚那人的头发，这样的事不是越来越多也越来越疯狂了吗？根源当然在无聊，传媒推波助澜的无聊。一个意大利的摄影记者布尔纳在塞尔迪尼亚岛偷拍的一组黛安娜穿泳装与多迪的照片卖了五百万美元。当这个数字公布出来的时候，我想有多少人会像追金子一样地去追这个我们需要的美善"公主"的影子啊！除了坟墓她还有什么地方可躲呢！

在那一天我无意识地看到了两次谢幕，两次截然不同的鲜花和掌声。那种相差太远的联系，使我整个晚上有颇多的感触。这种巧合一定有什么样的昭示，但我被情感而左右着，没别的可说。谢幕！黛安娜王妃更像没有谢幕的谢幕，让我们只看到了悲伤和听到了悲伤的掌声。

虚幻的声音

买一张拍成了电影的歌剧 LD 回家看，是个坏的选择。那情景很像吃了一口被各种代用品和化学制剂做成的生日蛋糕（这种蛋糕已经包围了我们，连带着很多人的生日聚会都有了化学的味道）。我有这样的 LD 和录像带，原来买时想，买吧，聊胜于无。买回家挣扎着看过了后，再也不想碰了，想想，没有倒干净。

期望在这种音乐制品中得到的东西，大概都不会得到。原来的那种舞台戏剧中模糊虚拟的东西被它弄实了，怎能好看？DG 公司有一版多明戈的《茶花女》，都是用实景来拍的，石桥，过桥的马车，马蹄的声音；花园和在花园中唱着《亚芒的咏叹调》的亚芒；暴雨，窗纱，楼上楼下的相视。当我们想把歌剧做得逼真时，音乐和歌唱都变得十分可笑。歌剧跑哪儿去了？没了。

让那些壮硕的歌剧演员去做像电影中的生活化的表演，更是一件不容易的事情。当一位有着门板一样身段的伟大的女高音从舞台布景中走出来唱《为艺术为爱情》时，我们会接受。因为她在台上，她在演戏，那个托斯卡需要你的想象加入。那时，音乐和歌唱比什么都重要，她唱的也不是身体中的她自己，你可以在那种旋律中得到一个你的托斯卡，她也尽量地在让自己硕大的体魄消失。

而拍电影可就不这样了，是形式决定着的。哎！看客们，托斯卡就是我这样的——双下巴，没有脖子，也没有腰。看见了吗，我就是托斯卡，那些真正的烛台和石块的城堡印证了这些，那些都是真的。那么我也只有来点真的，才更像真的。其实更假，你看这样的电影只有厌恶。

也没有声音艺术，实况的迷人之处就是它偶有败笔（我赞赏DG公司没有把现场版《图兰朵》第二幕多明戈的那个唱破了的高音C，用高科技来修补成为一个电子的高音C），每一个人都愿与败笔相伴，它温暖而亲切诚实，容易引你加入。拍成电影的歌剧，你根本就得不到演唱者本人的声音，那声音大概是歌者＋录音师＋有很多档的扩大机＋吸音材料的复合体。那声音被各种各样的筛子筛过了多少遍，那些筛子的孔是以录音师的审美编织而成的。当然现场歌剧也会有这种情况，但我仔细地做过辨认，终归不一样，最起码那气息与声音是相吻合的，不至于让你看出他在唱高音C时，脸并不充血，嘴也没有变形，而是微笑着，不用横膈膜气息就能把它唱出来。如果你稍微会唱两句的话，你就会觉得那样的唱，如果真信了，就似乎在参与着一个骗局。

没有呼应，拍成歌剧的电影绝不会在你唱完《晴朗的一天》之后，有观众抑制不住地大喊大叫，鼓掌欢呼声。没有回应，电影中的巧巧桑，唱完就完了，什么也等不到。我曾经认为对咏叹调回应的掌声该是歌剧的一个组成部分，所有听歌剧的人在这时候都期望能把自己的激情及时地表达出来，参与进去，被激发，被激动，这是他迷恋歌剧的原因之一。拍成电影的歌剧把这扇门关闭了，我们不知道激情的出口在哪儿，那是让人多么不舒服的观看啊！我甚至觉得谢幕也是歌剧的一部分，让那些戏中的扮演者穿着戏袍从关闭的大幕中手牵着手走出来，他们的妆还没有卸，依旧有着卡拉夫或鲁道夫的外壳，但他已经回到自己中来了，他让观众得到一个真实一点的他。他行礼，飞吻，接受鲜花。那时需要让观众对歌剧艺术家表现出尊重和热情，歌剧也许就是在这种热情中得以生存和不断发展的，演员也就是这么造就出来的。而电影歌剧使这一切都消失了，我们既没得到电影，更没得到歌剧。

在世界上有些东西是不能组合的，比如，吃柿子的时候不要喝酒，我的一个同事因此在身体中长了很多的结石；又比如，不要在盛开的花朵之上拉绳晒裤子；再比如请不要把歌剧和电影结合起来。如果非要说这是一道菜的话，那它难吃得无处下口。

演员的历史与作曲家的历史

如果拿京剧的四大名旦、四大须生与欧洲歌剧中的十大女高音、十大男高音相比，大概是荒谬的。他们虽然都是以唱见长，但那是多么不一样的唱啊。

我认识的中国京剧院的花脸演员侯兄，他每天一早要五点钟左右起来，到陶然亭公园去边踢腿边吊嗓子，把身上、嗓子都活动开了，才能练功排戏。相应的特殊例子是，余叔岩在嗓音失润之后，十年如一日地在天坛根下边吊嗓、练唱，终于又把声音练了回来，且创出了一种叫"云遮月"的"烟嗓"。

而帕瓦罗蒂如果当夜有演出，他会"先睡个懒觉"，而后在一个他认为"恰当的时候"在钢琴前试几个他认为是检验嗓音状况的音阶。如果在状态，一切就是等待演出了，他不能过多地消耗嗓音。还有极端的例子，是在演出当天一句话也不与人说，非要说话时，用笔来写。

说这些并不是在谈逸闻趣事，那没有什么意义。我最终还是想提出一种问题——为什么都是唱的戏剧，而他们的各个方面都是那样的不同？

我们还是从练发声开始。意大利唱法要练习五个元音——啊、哎、依、爱、欧；京剧大多是两个音，一个啊，一个依。我们如果有早上去公园的经历，总会碰到那些票友啊、啊、依、依依地吊嗓子。可以不借用任何乐器的帮助，对着墙或对着一池湖水从低往高喊，越高越好。歌剧美声的练习，相对要复杂得多，要有正规的练习曲 13531 或 135175421 这样地半音半音地练上去。男高音大多从中央 C 唱到降 B 或 B 更好是高音 C。这样不断地打磨这一音域中的五个元音的练习，大概要与一个声乐工作者终生相伴。当然京剧的吊嗓也各有不同，我在北大荒时，有一位兵团战士每天早起吊嗓喊的是"洪阿姨"。我们常在沉睡中被他的可怕的"洪阿姨"的呼唤声惊醒，到现在我也不知道洪阿姨是何许人。

京剧满宫满调，老生都要唱到高音 E。这比高音 C 高了两个音，不是人人可轻易做到的，所以你如果想完整地唱一大唱段，就必须具备一定的高度才行。之所以只练啊——依，是因为一个开口，一个闭口，一开、一闭练好了这两个音，其他也就在其中了。

意大利歌剧演员对声音音质的要求是重要的，没有一个好的声音，大概合唱队都不会要你。

京剧演员的要求不同，更重要的不是音质，而是你个人对唱段的创新和理解。嗓音是否嘹亮并不重要，观众更多的是需要韵味和对唱腔的个人化的创造。京剧高派（高庆奎）是要嗓子的，但我不止一次地听那些口衔壶嘴、闭眼听戏的遗老们把这一派中的一位名角呼为"大叫驴"，而对嗓音乏润，能化劣为优自成一格的唱法倒是大为欢迎。老生如周信芳、余叔岩，青衣如程砚秋等等，其特殊的嗓音制造出了一种更为迷人的韵味。由此一点看，京剧是更为个人化的，由杰出的个人化来感染大众。而歌剧按科普兰所言，"为了欣赏歌剧院上演的歌剧，就必须从接受它的成规开始"。既已有了成规，就是说它的集体性的规则已经在先了。京剧当然也有成规，但对个人的要求绝对不那么严格。

京剧的个人化主要不表现在声音上，更为突出的是你对唱段的处理。一出《失·空·斩》马派与言派就有极为不同的唱法，如果把曲谱录下来一看，是完全的不同。而西洋歌剧绝不会出现这一情况，十个人唱《星光灿烂》都是《星光灿烂》，虽处理上有所不同，但谱子是一个音也不会改变的。

如果再从大的方面来比较的话，京剧的历史可以说是一部演员的历史，它是被那些天才的演员们连缀着演绎出来的。

而西洋歌剧却截然相反，那首先是一个作曲家的历史，作曲者的权威超过一切，咏叹调一旦写出就不会再改变。

还可以从其他的方面来验证。京剧对一个演员的要求是"唱念做打"，而我们有幸看到的西洋歌剧演员，他们的表演实在不能说在表演，不要说打了，连普通的身段也可以不要，站着唱就是了。我曾在剧场看到过帕瓦罗蒂演的《绣花女》，到了唱《冰凉的小手》前摸钥匙的一场戏，帕氏那巨大的身躯实在蹲不下去，所以只是潦草地在桌子上一摸，便按住了"咪咪"的小手，

213

开唱。如在京剧中这样一定是不行的。京剧管没有做派上台唱戏的票友叫"羊毛"，大概有生人的意思。

因为京剧是一个以演员为主的剧种，所以除唱外，你当具备的越丰富越好。而歌剧中的帕瓦罗蒂在那一刻却不会遭到任何非议，所有都取决于音乐，音乐和唱最为重要。

在京剧中，能树立流派的京剧演员兼任了作曲家的身份。梅派的唱腔是他与他的琴师设计的，程派更是这样。所有凡可以立派的大多是自己作曲设计的唱腔。他们完全以自己为中心地设计、表演一出戏。西洋歌剧绝不会这样，从指挥到个人、到演员都要服从于作曲家的音乐，所有的个人的东西要在音乐这个圆圈中发挥。

由此我想到了一个与现在有关的问题——京剧多年没有发展而无流派再现的原因，有一点或许没有得到重视，就是京剧欲把以演员为中心的这种历史改变，使其更接近了一个成规的西洋歌剧的集体化的东西。把"唱念做打"中个人化的东西降到最低的程度，而格式化、成规化代替了演员个人的能力的发挥。原本是一个以演员发展为史的艺术门类，突然地完全地改变了，它还怎么能发展下去呢？当它以成规化来束缚这一艺术形式时，它就没有了个性，改变了原来京剧发展的轨迹，而歌剧的作曲家的历史轨迹又没有建立起来，所以它的现状变得没有着落，更谈不上发展了。

砚 边 字

——《邹静之戏剧集》序

有"砚边学"一说——大意是，平时为了写字给人家看，会拘束而不能随心。某天在砚边的废纸上试笔，无意间写了一些字，过后却越看越好。

很小时被母亲抱进剧场看戏，台上人唱念做打，一片的热闹，看着那样的倾诉、委曲，那样的煞有介事，心中生出喜悦——懵懂中觉得人世中还有另一个人世。

上小学四年级时大哥从矿业学院回家，带了一部自装的半导体收音机，晚上我睡在被子里听了整部的话剧录音剪辑——《孔雀胆》（郭沫若著），听至夜里十一点时内心激荡，涕泪长流。现在想其实并不十分清楚这戏的故事情节，只是被剧中人的吟诵打动了。

至此以为话剧最迷人处，是那些发出声音的文字。

认真读过的剧本中，印象最深的有徐渭的《玉禅师》和贝克特的《等待戈多》，后者读过多遍，喜欢那两个人在台上一本正经而又不着边际的对话，喜欢读剧本时感受到的弯曲的状态。

215

剧本是为演出而写的，写时头脑里不演，或读时看不到我在演，那样的剧本实为字冢。

我的结构，有一种是自然生长的，如一棵树向着天空枝枝杈杈地长了起来，比如《我爱桃花》；还有是压迫成型的，像盆景的那种被胁迫着的表达，又像螺蛳壳里的层层叠叠，比如《花事如期》；《莲花》是反述，按我们获得故事的顺序写的——我们获得故事总是先有了结局，之后才有写结局前的以往。

写一部戏在情节的选择上为什么是这样，而不是那样，绝不是真实决定的，是你期望到达的那个意义的制高点所决定的。有了这个点，取舍的标准就有了，有些人是在情节中找意义，有些人是在意义中找情节，有些人两种方式在一部戏中互用，都有好作品。但好，一定不仅是故事好，是因为有那个制高点。

诗人说：诗原本是在那儿的，诗人只是诗的发现者。发现就是创作。1995 年至 2002 年的财经大学操场，是我天天去散步的地方，七年下来发现了一些隐秘的东西，后来才有了《操场》。

四十岁时我写过一首诗：

精神或一些人的争论

把一只鸟抛进羽毛
它的肉身飞得可真高

一张纸上的鸟，有着相同的姿态

216

只是那背景不够蓝

它让我在静寂中想到真实的高飞
那几乎是一种快捷的消失

这话要再说一遍也可以是这样
——你如果没有在人群中消失就没有飞高

　　这诗可以看到四十岁的我对轻薄的人是这么看的，六十岁的我不这么想了，网络写作的时代飞高或飞不高的都快速消失着。

　　但有一些东西消失得慢些，比如需要人工和手工的艺术——舞台剧该算一种。

　　从二十一世纪初，我就开始了对电脑写作的警觉，中文写作，笔的历史有几千年了，换成键盘，语言的节奏一定与用毛笔时不同。文风变了，要想在网络这海水般的文字量中冲出未，总要做惊人语才行，总要撰些黑话或春典这类的词来锁定一个群体，并获得新鲜感才行。用笔写作的一代，正在被用键盘的一代人替代，这大趋势你愿意不愿意都改变不了，唯一的悲剧，是你恰恰活在这个历史变革的节点上，既不能向前了，也无法退后。你的文字如果将来能被留下一点点，像长了绿毛的干面团缩在文字的角落里。偶尔有人会把它当作酵母拿来用用，那已是三生有幸了。

　　人类对艺术的是非判断是在不断的打破中行进着的，网络传播的日新月异使得这样的打破更猛烈、更巨大，好在人类对艺术的欣赏几千年形成的那个不变的核心还在。那说句鼓励自己的话，就抱着旧有的老派的自豪挣扎下去吧，在美丽的现代大厦旁开一间小小的古玩店，所谓三年不开张，开张吃三年，总会有一些人来光顾的。

一时想到

——《邹静之戏剧集》增补本序

2015 年 11 月 6 日从外地回到北京，十六天过去后，北京一直阴天雾霾，天气预报说还要阴下去。

这是一个陌生的秋天，没有风，没有天高云淡。

每天上午到楼上去写毛笔字，站两个小时，心情好一点。

三十年来，我的写作是从大年初一到三十几乎没有停过。今年的七月到十一月我什么也没写。

每天最想做的事是看外孙邦邦、写毛笔字、种菜、听歌剧、打乒乓……这几个月写作放下了。没有先兆，没有设想，也没有意外……而这之前，每天的写作对我来说是那么重要。

哮　喘

第一次发哮喘是 1981 年，那时我二十九岁。多年的过敏性鼻炎发展成了哮喘，各种疗法都试过，针灸，在耳朵上埋花椒粒，胸口贴药，吃兔子头，喝着羊汤蒸桑拿，吃药片，喷药水……最

219

终是可以控制，无法根除。其间只有一个偏方我没试，朋友对我说找一个可靠的产科大夫，弄一个男婴的胎盘（女婴没用），就那么红烧着吃了，吃一两个就会好。他用了"红烧"这个词，并且是人体的一部分，听上去太不像治病了。算了，喘就喘吧，人的一辈子就是与疾病共生的，久了就习惯了。

我也是从 1981 年起开始写作的。

不是说哮喘与写作有关系，这找不到根据，不过，在那些因为喘不上气无法安眠的夜晚，确实有过一些边边角角的状态——神游、恍惚、短暂的出离等等。长时间的无法安睡，使得一些特有的、毫无关联的事在身体中飘浮交集……这种状态在长夜中烘托着我，或多或少影响了我的思维和写作。

毛 笔 字

我从小描红、临帖并不认真，每年的春节，看父亲写条幅写对联，才学了一些用笔的方法。1966 年在小学时用毛笔写过一个月的大字报，家被抄后，就再没动过毛笔。

2003 年"非典"期间，出不了家门，就铺了毡子正式临帖了，先是颜鲁公的《麻姑仙坛记》，兼写钱南园（钱沣）的《正气歌》，之后深爱何蝯叟（何绍基）的笔意。三家之外还临篆隶。十几年下来纸费了不少，不见起色。我一生除写作外，学声乐、毛笔字都下过大功夫，但都比常人慢。

直到今年八月，才写得有些自己了。铠甲卸了，鬼脸摘了，找到一种心慕古人、吟咏相随的感觉。原来写得紧张拘束，现在写得抒发入神，欢愉起来了，这种感觉是在认真写了十多年后的某一刻出现的，那一刻让我等来了。自由自然，后再得老车（车前子先生）的肯定，法喜充满。

初临帖时，有朋友说学晋以前的，出手会高古些。为此也写了一段石鼓篆隶。后来悟出今人追慕高古，临帖是其一，但你如果没有一颗高古的心，即使写一辈子"二王"也是一纸当下习气。古人对时间的感觉与我们是不同的，"细雨骑驴入剑门"和坐飞机天南海北地一划而过，时空感觉不一样。古人的慢、实、沉不是一划而过可以取代的。不张扬，由心而发，字的节奏不说，最基本的文字语气也是要紧的。我订了几年的书法杂志，关于书法和语气的关系、书法的文学性，并没有人提起过。当下很多人写字收放疾徐多与文学语气无关，当扬时不扬、不当扬时乱甩一气者夥矣！笔不对着心满纸张扬，真让人避之不及。不如去看看霍洛维兹弹琴，其凝神之状，如仙人畅游。

唱　歌

我十五岁时开始学小提琴兼学声乐。

小提琴《开塞》只练了一半，再没有往下学。可以拉的曲子仅限于一些片段。知青生活结束后，琴就没再碰过。

声乐的开始先是自己唱唱，联欢会时演演。到十八岁时开始正式学习呼吸，发声，共鸣，视唱练耳，歌曲处理。1971年到1975年在我下乡的德都县周边北安、赵光、佳木斯、黑河、瑷珲、双鸭山，直到哈尔滨，男高音独唱过五年。当年的音域低音可达"中央C"下的"G"，高音练声可以到"High D"，在舞台上唱"A"或"降B"很稳定。其间考过专业的文工团，因种种原因没有去成。1977年回到北京后，苦心学艺，在1981年考煤矿文工团终于三试不取，年近三十岁的我，只有承认十多年的声乐之路走不下去了。父亲看我不再练声后，曾对我说过一句："静之，如果你用这十几年学声乐的精神和毅力，做任何一门学问都会出成绩了。"我理解父亲话中没有点明的意思，他认为学艺不是后天努力可以达到的，那些闪烁着光芒的艺术家，是上帝散养在人间的孩子，天赋，啊天赋！我六十岁才明白，不论学什么，冲到顶尖时，人力是不能与天赋比的。按戏曲行的话是："有的人天生来就是站当间儿的，有的人怎么练祖师爷也不赏饭吃。"

在专业的唱歌之路失败后，声乐变成了我的业余爱好，五十年来乐此不疲。我的歌唱家朋友们都知道，说起歌剧来我比聊什么都兴奋。

1995年我曾写过一篇文章《〈星光灿烂〉的七位歌者》，就卡鲁索、多明戈、贝尔冈齐、斯苔芳诺、卡雷拉斯、科莱里、毕约林七位男高音歌唱家演唱《星光灿烂》（歌剧《托斯卡》选段）做了比较。除了谈到他们对这首咏叹调的艺术处理外，我列出了七位大师演唱的时长。唱得最慢的3分34秒——毕约林，唱得最快的 2 分 35 秒——卡鲁索。一首三分钟左右的咏叹调，处理的结果可以相差三分之一时长，可见大师们的处理是多么的不同。其间，我喜欢科莱里唱出了将死时的撕心裂肺，毕约林是面对死亡的无尽的哀伤。

到今年，六十四岁、有哮喘病的我，还在学唱。就在前些天，请来专业的朋友们给我上课，一个音一个音地改唱法。有人对我说，写作是你的正行，也没见你像对唱歌这么较真儿过。说不清楚，唱歌是极为细微的身心活动，男高音难是它最迷人的一个点。这么多年下来，唱歌已变成了我身体的需要，心理的需要。如果今天唱好了，我会为自己骄傲。

最终，没能成为在舞台上的歌者，但音乐对我的生活、身心和写作有着很大的影响。之后的写诗、写戏，对白的音乐性和叙述节奏感，我都在被音乐引领。一个失败的追求，营养着我。

戏 剧 集

这部戏剧集第一版是 2014 年 3 月出的，出版一年后，售罄。再版时接受了友人的意见，把一部原来写的京剧加了进来。

2015 年 10 月，认真重读了这些文字，读的过程中时时有陌生感闪现——怎么会这样?! 怎么是这样写的呢……已说不清了。

歌剧《夜宴》缘起

　　表现魏晋与五代时期的艺术作品一直很少。有几点原因：一是这两个时期思想最为复杂，人物也最具个性，以传统的手法和正统的观念表现都难以合度；再有，长时间来，我们已习惯了从表面上看这一时期人物的消沉、病态，很难透过他们的行状，如药、酒、扪虱等看到更为触及灵魂的内质，以及依附于这一内质之上的艺术的成就。

　　当人们更多地注重着先秦时期的那种王者霸气和刺客精神的时候，表现魏晋与五代时的人物及其复杂的内心是种新鲜的，甚至是创造性的选择，当然有一定的难度，也具有挑战性。

　　《韩熙载夜宴图》是吸引我想写歌剧脚本《夜宴》的直接原因。

　　韩熙载是南唐颇负盛名的三朝元老，胸怀韬略，满腹经纶，放浪不羁，有诗文传世。青年时代家居中原，父因官场事被朝廷杀害。他惧祸逃往江南，受到招贤纳士的李氏南唐的善待。后主李煜偏爱韩的才气，即位后一度想用他为相。其时，正值两位老臣在南唐政治斗争中遇害，韩熙载隐约得知李煜将召他入相，便在生活中更加放纵，终日狂饮酣歌，践踏礼法，狎妓夜宴，意在拒绝出相。他曾对自己的好友说："我之所以如此自污，就是拒任宰相，免得在国事纷乱时操治不力，为人留下与误国之君主同流合污的口实，成为贻笑千古的把柄。"（陆氏《南唐书》中《韩熙载传》)

由此可看出韩熙载夜宴之复杂心情：以自污来避万古骂名，这是其一；用表面之狂欢来掩盖内心的惊惧愁苦是其二。这就赋予了描述这一戏剧性人物内心的基础。

如果我们要超出这些素材，用更为接近现代人的理论来解释韩熙载的话，也有充足的理由，我们可以借助这一故事来繁衍出新的观点。比如说，可以把韩解释成一个极端的悲观主义者，他的欢乐是心死的表现，他把每一夜都当成末日来过——世界就在今夜。他的狂欢是有那么重的悲剧色彩，震人心魄。这是后话。

我们再回到韩熙载。当时，李煜不相信韩的所作所为，派了两名画家（实是内探）周文矩与顾闳中以宾客身份造访韩府。二人目识心记夜宴情景，归来成画，后各将画卷进献给李后主，这就是《韩熙载夜宴图》（顾闳中画）诞生的经过。

《韩熙载夜宴图》是由多幅画面组成，大概分为五个单元。

开卷首段是听琵琶。夜宴中的所有人物几乎都在这一段中亮相。韩熙载头戴轻纱高帽，趺坐床榻，面前陈设的几案上摆着樽酒果品。在他身边，床上斜坐着身穿绯袍、头戴方巾的状元郎粲；床前座椅上的两位宾客，约是太常博士陈致雍和紫微郎朱铣。韩熙载对面演奏琵琶的女人，高髻簪花，长裙彩帔，怀抱琵琶，是教坊副使李嘉明的妹妹。在她身旁躬身侧望的是李嘉明。站在李嘉明左侧的少女，是擅长表演六幺舞的王屋山。另外两位官员模样的人，其中有一个是韩熙载的得意门生舒雅。其他女子则是韩熙载的侍姬。画面中的人物或坐或站，聚精会神地聆听琵琶弹奏，唯有韩熙载漫不经心，似乎有什么心事在分散着他的精神。

接下一段是观舞。韩熙载紧锁双眉，亲自挝鼓伴奏，王屋山以娴熟、优美的舞姿在表演六幺舞，侍姬和宾客在旁或拊掌击节，或专心观赏。特别引人注目的是，这段增加了一个身着法衣、低头沉思的和尚德明，他是韩熙载的方外好友。他的严肃神态反衬出了韩熙载的内心隐忧。

再下一段是夜宴小憩。曲终舞止，韩熙载更衣坐到床上休息，四个侍姬陪他同坐。最得宠的舞姬王屋山，双手端着水盆，在侍候韩熙载盥洗。另有两个侍姬，一个收拾方才演奏用的琵琶和箫笛，一个用漆盘送来了酒食。

又下一段是听"清吹"。稍事休息，接着观赏吹奏。不修边幅的韩熙载，单衣袒腹，脱鞋趺坐椅上，手摇纨扇，对站在他面前的侍姬低声吩咐。韩熙载座椅旁穿团鹤衣的少女，也和椅后侍立的少妇悄悄对话。五个女乐坐在绣墩上，全神贯注吹奏箫笛。拍板的人专心节拍，可是站在她身后的人却在走神，正同屏风后的侍姬窃窃喁语。

最后一段，曲终席散。韩熙载凝望远处，又为心事所烦恼，在孤独地沉思。留下来的三个侍姬，旁若无人，大胆地在同宾客调笑言情，她们神态各异，或握手言欢，或挽背密语。画家用她们无忧无虑的表情再次烘托了韩熙载苦闷向隅的心态。长卷至此结束。

摘自《李煜传》

歌剧《夜宴》如作为室内歌剧来写，这些素材和人物大概够了。如两个画家也许可形成很生动的三重唱；琵琶女、舞女、侍姬等也有很好的女声基础。民乐的出场，大概也可以丰富音乐的表现。韩熙载因其复杂的内心写时会有难度，但如能写好，将是一个非常不同的、另类的、具有东方神髓的人物。

戏只写夜宴这一幕，我们可以用各种手法把我们所需要的放大，而忽略我们所不要的，甚至可以加入原画之外的情节。南唐李后主的词提供了很多可用的素材。

东方精神的表现没有比魏晋南北朝和五代十国时期更极端、更突出，也更有深度的了。《夜宴》的引人之处是这样的一个以自污式的欢乐来掩盖惊惧的故事，故事本身就不凡而新奇。

我们可以说那样的一种时代是消沉的，甚至是腐朽的，但如果透过这些来看，那时人的思想深度和内心的复杂性，让人有不断认识的可能性。

由此想到了现代人的消沉背后的痛苦根源和可解释处。这部戏如果能写好的话，应能引起更多人的思想，这也许就是我们所要的现代意义吧。

1997 年 7 月

于北京暑热难耐时

又及：写完这篇文章之后，曾先后写出了《夜宴》四稿。第一稿完全是诗剧的写法（新诗），人物多，不好排演（牵扯出资人资金的问题），也不好作曲（新诗写古人，难出那种味道，关键是无法使现代人"发思古之幽情"。排好了大概会像演古代题材的"文明戏"）。后来第四稿完全是古诗词的写法（有部分是集句，很像一种拼贴，结构也较跳跃），同时借用了一些"挂枝儿"那类的民歌，自以为味道一下子就出来了，也不知演出来了别人会怎么看。

该剧由我非常尊崇的作曲家郭文景作曲，是为今年英国伦敦歌剧节的委约作品，今年七月将在该歌剧节上演。

1998 年春

有关阿甘

一个朋友从很远的城市来北京，有天晚上对我讲起了阿甘。他从那么远的地方并不是特意为我来讲阿甘的，那天讲阿甘是十分偶然的事。他说那是一部很好的电影。

我有几年没进过电影院了，走进去没觉出什么改变，出来也没有。

从散场的人群中走进街道，电影院越来越远，和电影无关的生活越来越近。

我不知道为什么看完这部片子后的感觉像五十年代，这是一部温暖的电影。从剧场听到的笑声和接收到的沉默中，知道每个观众都喜欢阿甘。

这么多喜欢阿甘的人里，想一想其实没有一个是想要去当阿甘的。阿甘太傻了——他可爱但不值得效法。

假如世人都是阿甘，这世界是不是比现在更好些？拿不准。

假如世人都是阿甘，就你一个人不是阿甘，这世界一定会比现在有意思得多，这你可以拿准。

我觉得人有时并不愿做自己喜欢的那个人。他喜欢岳飞，但不愿做；他喜欢包公，也不愿做。他希望他所喜欢的人都围在他身边，他还是他，比这些人更聪明一点，在这些人的雨露滋润下成长、生活。

　　阿甘是别人。看电影时，我听见前边的女情人在问男情人："阿甘真好，你怎么不是阿甘啊？"

　　你怎么不是阿甘？我们都这样地问别人，不是问自己。

　　真要想当一个阿甘，决心可能比当一个英雄还难下。阿甘在我的感觉中很像一个远古的纯朴的人被空降到了这个时代，他是一个过去而不是一个未来，他有点像我们对别人要求后的遗憾。

　　阿甘太好了，但我不能那样，除非我也傻，我也被人欺负，我也不要命，不知道吃亏。

　　好和傻的分界有时我们搞不清。我们都想做一个好人，这没有疑问，做好人有时就要干点傻事，比如看见人倒了就要去扶（并没有想到事后他会讹你），看见别人有病就把他请到家里来（并没有想到以后他会骗你）。干好事的时候你没有想别的，但暗地里却有一百双眼睛在看着你，他们都觉得你在干傻事。阿甘从战火中把战友一个一个地背出来了，他扛着人奔跑的样子不是一直在惹你发笑吗——真傻，他不要命了。我们都想做一个聪明人，这个世界也一直看重那些聪明的人，聪明人怎么能干傻事呢？没有人要求聪明人去干傻事。我们对阿甘就是这样吧，笑他的时候多。

　　其实你不能要求任何人去做阿甘，这也不是阿甘的本意。话说了这么多，现在真有一个人问我：你想做阿甘吗？我可能依旧回答不出来。阿甘也不是想做就能做的。

阿甘一生中干成的几件事你一件也没干成。

在电影院里你一直笑着阿甘，笑他被人欺侮，被人追打，笑他对女友那么质朴地尊重、执着，笑他对友谊的忠诚……你笑着从电影院出来的，你的笑容会慢慢消失。假如你再想想的话，你可能会笑自己了，你不傻，你聪明过人，你不是阿甘，你什么也不是。

原来那个朋友说这部片子是对阿甘那个国家的精神阐释，我没有看出这个主题来，我只是觉得它是对聪明人的讽刺。现在开始，我将对聪明警惕。

屋顶上的马斯卡尼

电影《阳光灿烂的日子》中马小军在屋顶上的时候，有大片的弦乐涌过来——是马斯卡尼的《乡村骑士前奏曲》。为什么要用这一段，有什么暗示吗，或只因为合适？

想了很久，想不出什么关系来，这段乐曲也许只是出于编导对乐曲本身的喜好，并不存在什么说法。

《阳光灿烂的日子》在音乐的选用上是非常经济的。更多的音乐段落不仅是剧情、心情的辅助，主要的作用是对一个特定时间的强调。影片中真正展现"文革"的场面并不多。为了提示，在剧情的进展中，编导总要请出那些"文革"歌曲来。这些歌在某种意义上已经成了时间符号，它们的出现虽不如画面那么直接，但也许更为深入。每个人对"文革"的感受是不同的，不用更为具体的场景来表现（或说约束），而用音乐来唤起，不同的人会有各自的感受。

从马斯卡尼到"文革"歌曲，影片中的音乐更多做的是编辑工作。没什么不好，它们新鲜、到位，也经济。可能的是一点音乐也不能脱离影片而独立出来，大概编导原来就没有这种意思。

由《乡村骑士前奏曲》而想到了电影中大组的屋顶的画面，觉得是姜文对小说原旨最成功的解释和发展。

一位少年将步入青春的时候，我觉得他非常像是一个站在屋顶上的人——他看着真实的人群在下面走来走去，他注意到了就要接近的生活，他有点犹豫、恐慌。他对自己就要成为地上走动着的人，有莫名的不知所措。这组画面给很多人留下了印象（曾和几个人谈过），是因为屋顶的感觉又把人带回到了曾经经历过的那个点上。这个点并不是轻易就可以准确找到的，尤其难以那么具体。

这组画面也为《乡村骑士前奏曲》增添了别的内容，这跟马斯卡尼已经没关系了。经典的音乐有时是这样，在被使用中丰富起来，甚至是陌生起来（也可以说是新鲜）。比如今天再听那段音乐时，脑子里竟出现了绿铁皮屋顶和马小军张皇的眼神。

时间与音乐

一

一人一生中有多少时间要打发？等人的时候，等饭的时候，饭吃好了在一把椅子上发呆的时候。要打发的时间，也许比真正精心要度过的时间多得多。闲在呀，不闲在怎么会注意到"天地一沙鸥"。

我不忙，所以很怕别人看到我闲而无事，真发呆的时候也要举着张报纸，遮拦一下。

……要么就听音乐。

二

选一张 CD 盘放进机器里的过程，有种享受前的奢华感。手指分开，你看见光盘的银色晃动了一下，它有瞬间的七彩呈现，它被机器关住后的短暂停顿，是音乐前的静场。倘若你要听的是马斯卡尼的《乡村骑士》，当弦乐突起的时候，你的感觉像是用薄刃把一枚熟透了的果子切开了，汁液涌出来，不是甜美，是滋味。好的乐曲几乎有沁人的味道，从你的皮肉透过，一直感染进血液。

每个阶段都有情有独钟的乐曲，比如今天是普契尼，明天还是。反复不能使一件好作品失去新鲜，在反复中会让一个人自豪着觉出了一种丰富，这种丰富不是对作者的理解，是对自己的发现。

音乐所唤起的，也许是你原以为内心中没有的东西。它被呼唤出来的时候，那感觉像是黑夜中凭空灿烂起来的礼花。

小时候读《论语》，说孔子听韶乐"三月不识肉味"，不理解，以为夸张。一个听过音乐后连肉味都尝不出来的人不是有点痴吗？后来才发现，这痴也不只是孔子一人。

三

小泽征尔"文革"后第一次来北京与中央乐团合作，是贝多芬的《田园交响曲》。那时北京音乐厅不是现在的这样，以至于很多交响乐的演出及排练都在民族宫礼堂。

有生以来在现场听交响乐是从他的一次排练开始的。

至今，我还仿佛看见他走出来时的那种平和的笑，没想到他寻常乃至有点薄弱的身体中，藏着那么多的热情。当你和他的音乐面对面时，感觉只能用波涌来形容，你的起伏、心跳、呼吸都是跟随。那样的淹没，可以说是一种幸福。

奏了几个乐句，我发觉邻座的一位听者哭了。她哭了，眼泪划过脸颊，滴在前襟上。她没有抬起手来阻止眼泪，默默地，像是把泪掺进了音乐。这加重了我对那场音乐会的感受。

在以后的日子里，我一直全身心地回忆着，甚至想找出当时的情境，以致有点失魂落魄。非常难了，在正式的演出中，我得到的是另一种感动，不一样了。音乐它几乎不会让你重复，你也不能期待和期望，它确实有点意外，突如其来。

四

只听音乐，从不愿听对音乐的解释，尤其是那些形成了文字的解释。同一个曲子，每个人听是不一样的，我不想长着一副别人的耳朵或被人规定了的耳朵。其实同样的乐曲每位大师的处理也极不相同。我有三位大师唱《负心人》的版本。卡雷拉斯唱得极为激情，充满青年人的热烈；而莫那柯朴实，更似农夫那样的厚道和直接。我曾分别地喜欢过他们两个人的唱。但最近越来越喜欢斯苔芳诺的解释了，他唱得慢，有深深的悲凉感，那种沉着减缓了激情的表面。他末一段的副歌中完全用了半声，凝神的自语使人生出欲说还休的感觉。我觉得他完全把一个跟情绪有关的歌曲处理出了境界。

236

五

在人民大会堂听过前英国首相希斯弹钢琴，他琴弹得就像那些名人写的书法一样，应该说是"名人琴"。那天，他说了一句话让我至今不忘——音乐是不会说谎的语言。

记住这话的原因，不只想用它来验证音乐——音乐不需要验证，你只要拿起喜欢的，放下不喜欢的就够了。但我觉得一个人有时可以用音乐来验证一下，喜欢音乐和不喜欢音乐看这个世界，和这个世界看他都会不一样吧。

偷洒一滴泪

平生没怎么哭过，有记忆的几次，大多是为了音乐。想起张爱玲说音乐太"赚人眼泪"，是没错的。

"文革"结束不久，小泽征尔第三次来华为中央乐团排练，意外地得到一张可以听排练的票，兴兴地去了。刚一坐下，"贝九"的乐声铺天而来，淹没你，推动你，敲打你，你那颗心一下子浮出了体外，不知名的眼泪流出来，像一些重重的音符滴在前胸上。音乐会使淤积的块垒消散，也许只有音乐才能解释许多我们体会了但却无法道出的生活。

前英国首相希斯曾在人民大会堂为残疾人办过一次义演。演奏的曲目我已记不住了，有一句他说的话我记得很清楚："音乐是不会说谎的语言。"音乐的真实像是与生俱来的，它可以不被接受，但它不可能去造假。

帕瓦罗蒂来北京演出时，我正是个每月挣四十元钱的小工人。用一个月的工资去展览馆剧场看他的首场演出，没有丝毫的犹豫。在音乐面前贫穷和富贵是平等的，没有谁能用钱买到音乐的知音的名称。我至今不忘在北大荒时所见到的一位车老板在冰天雪地里如醉如痴地听二人转的情景。音乐的感染是多么深远啊，我一直相信帕瓦罗蒂那天有一支歌是为我一人唱的。

那天为他伴奏的是热那亚管弦乐团，最后唱到《图兰朵》选曲《今夜无人入睡》时，飘逸的人声伴唱，和他坚实的高音，终于使人下泪。我觉得有种自豪感，为人类有这样杰出的声音而自豪。我甚至感觉到自己理解了他声音以外的东西，那时，他也应该发现我，一个为他伟大的声音而流泪的人。

当然，音乐并不是总在扮演着催人泪下的角色。很多时候它展现出的复杂需要我们穷尽毕生去亲近，去理解。一首简单的乐曲也许有奇特的效果。

在北大荒当知青时，最爱唱的一首歌是俄罗斯民歌《茫茫大草原》。我直到现在才更进一步地感觉到它简单的乐句和歌词所昭示出的深邃道理：一个将死在中途，在茫茫草原上告别的车夫与每个人的一生有多么巧妙的暗合。每个人的一生从另一角度来看，不都是行至中途的旅人吗？

我们要感谢音乐，它忠实地跟随我们一生。譬如此刻，对面学校的楼顶上，一位年轻人在吹着长笛，简短的乐句飘进冬日的窗户，一群鸽子在盘旋，那明亮的笛身上，阳光在闪烁。这使你不由得打开窗户，让连绵的笛声来给你安上一对飞翔的翅膀。

音乐与音响

　　帕尔曼到北京来拉提琴，最便宜的票价，在顶楼的边边角角也要一百五十块钱。帕尔曼拉了柴可夫斯基的作品，他拉得那么轻松，提琴的音色那样迷人，但他把老柴也解释得像一个在西伯利亚滑花样滑冰的人。祖宾·梅塔的指挥严谨、平稳，但总让人觉出过于恭敬。

　　我没有去现场听，是在家看的电视。我没去听的原因不是因为票价贵，我曾花过一个月的工资去听帕瓦罗蒂，花半个月的工资去听多明戈。我看过卡拉扬在北京的指挥，听过卡芭耶的清唱。

　　没有到现场去听帕尔曼，是我事前根本就不知道这消息。事后检查觉得自己对音乐的爱已经变得很迟钝了，这使我在整个晚上看电视时有种酸溜溜的感觉。曾把自己看作个对音乐一往情深的人，并且身体力行，学过十来年的声乐，也拉过几年提琴。但音乐于我像是驴子头前的一捆草，怎么跑也追不上。想起弗罗斯特的一行诗"我跟这世界有过情人的争吵"，像是这样的感觉。

科学发达后，有一种不必到现场去听音乐会的可能——配置一套音响。

北京新街口整条街，一两年开出了数十家音响店，美国回来的朋友说在国外也没看到过那么大的音响花园。那条街给人的感觉像是在交响乐中悬浮着，我们甚至可以把那些交通工具都想象成各种乐器。当我们把这些庄严的乐声搬到街上来时，真是感觉到生活在前进。

他们用"黄金搭配"或"超值配置"这类词。如果你有过在一个乐队前肃然起敬的经历的话，那么此时你会在一对音箱面前毕恭毕敬。那对木盒子发出的弦乐同样会像一片云样地笼罩你。它时时告诉你，如果你能把这些铁的或木的盒子搬回家去的话，你就有了一个乐队。那就真成了"帝王生涯"了。

他们大多站着，用另一套语言系统在说话。他们说赫兹、分贝、解析力什么的，他们对那一声"朴"的弱音非常在乎。他们说如果没有这一声，这套东西就应该从窗口扔出去。他们大多衣着随便，但他们对声音有着敏感的觉察。

你一下觉得真想请一支乐队回家也不是件容易的事，倘若整支乐队请回家了，而没把那一声"朴"请回去，大概就有残缺不全的感觉，起码要遭人蔑视。你第一次有了拿着钱不知如何把它花出去的体验，当然还是钱少。最后你问了一下自己，你是要买整个乐曲还是那一声"朴"，回答是肯定的。于是，就一下子把东西配齐了，搬回家。

那确实有不一样的声音，它在你的小房间中为你一个人演唱着，你一遍遍地听着，你对卡雷拉斯有了崭新的认识。你想起那些站在音响店中敏感的声音捕捉者，他们大概会对你的喜悦不屑，这没什么，你觉得自己在听音乐，他们在听音响，这有点不一样。

也许经不住一只蝴蝶

让一个什么样的人来谈世纪末——他应该是正在途中，并且是偏于末路的那类。这对我来说角色相当。

在"世纪末"这么颓唐的词下，还要谈论热点，一点也不滑稽。像那句脍炙人口的诗"蜡炬成灰泪始干"，除了悲凉外还有些悲壮。

我们在共同的时间中干一类的事，并且形成一个热点，这有没有可能？如在前些年，大家的怀疑会更深些。1958年郭沫若、周扬在编《红旗歌谣》时，资本主义的法国在拍《金粉世界》——一个后来得了九项奥斯卡奖的歌舞片，有很多华丽的衣饰，还有列农唱的插曲。整部影片没有提到我们当时谈论得最多的粮食和钢铁。

这些年确实不一样了，美国人喜欢的"阿甘"我们也喜欢。他们1992年畅销的《廊桥遗梦》，我们在1994年一版印了十万册，而后一版再版。当然，我们的钢琴协奏曲《黄河》各国也有了十几个版本的唱片。世界越来越集中，快到可以谈论一件事的时候了。

关键是要谈一件什么样的事。世纪末的文学？我们忙着在绳子上结扣时，生活真是充满了停顿。

世纪末和文学都不好说，我想来预测一下热点。

如果把世纪末比作一个老年人来过岁尾的话，我们就能想象出来大家都要做什么了。

先一个是，要有点不请自来的忧伤。我们在这一刻能更多地感到时间的无情，将过去的不是一天、一时、一秒，是一个世纪。年轻人有欢呼的理由，我们大多要把自己移出人群，为内心的感叹推波助澜，几家欢乐几家愁，是这样的一个时候。

再一个就是要有回忆（某些人称为总结），这可能比别的更重要。《海德格尔哲学概论》中提到："有一次他（海德格尔）讲授亚里士多德，开场便说：'他生出来，他工作，他死了。'"真好，这是一个哲人对另一个哲人的总结，我们大概不行。如果我们什么也不是的话，所说的东西就应该多一点，这样才能使伟大和平庸有所区别。

我觉得回忆会热起来，在电视中，在理论中，在丛书的编辑中，都有可能冠以"世纪末"这个词（好像已经有了）。我们能回忆时，就证明我们曾经占据过时间，还有比这更能证明自己活过的办法吗？有资格回忆的人会尽量回忆。

回忆还有一个目的是要把一些事情明确起来。这就少不了要评功摆好——选举二十世纪十个或一百个杰出的人物。当我们再一次地看见他们在电视或文字中频频出现时，可能会有不同的感

244

受，也许振奋，也许失落，可能无动于衷。如果这样，回忆这个热点有可能变成热闹（有些热闹来为一个世纪送行，没有什么不妥的）。

以上预测完毕。

如果真要对"世纪末"这个词有所表示的话，我个人真不知道应该做点什么。我想要是没有这个词的话，我是不是能过得更寻常些。世纪这个大大的时间概念分配到某个人手里，可能就消失了，像一个巨大的数字对你没有作用一样。我们将在世纪末做什么和我今天早上该做什么有时挂不上钩。想到"世纪末"这个词之后，再去写作的人，他一定不能占领更广大的时间，甚至没有占领一个上午的可能。

就我个人来说，很想把"世纪末"这个词从脑子里赶出去，但这不妨碍我预测有很多人在最近的几年将深情地回忆。

话说到上边的时候，听到了一条新闻：7月13号"发现号"航天飞机在推迟数天之后，升空成功……

推迟的原因是：当第一次升空就绪时，飞来了一对啄木鸟，它们在飞机的防护材料上啄了二十七个洞……

一对啄木鸟可以改变一个巨大的、周密的、科学的、准确的计划（不是热点预测），那么刚才我说过的话就算没说，它可能经不住一只蝴蝶。

男人与扳指

"首饰"一词，按《后汉书·舆服志下》说："秦雄诸侯，乃加其武将首饰为绛袙，以表贵贱。"可见最初"首饰"这个词是与男人有关的，且更与那些舞刀动杖的男人有关。

这使我想起男子原来的一件饰物——扳指。扳指现在已不多见，偶尔在旧货摊上还能看到，一般人已不知道它是做什么用的。

扳指，原是套在右手大拇指上，拉弓钩弦用的，取象牙、兽骨或其他材料做成。本是个行军征战的工具，后来不知什么时候就从战士的手上换到了那些提笼架鸟的公子哥的手上，成了一件饰物（这大概与弓箭退出战场有关）。清朝扳指还非常流行，有旗人崇尚武功的原因。那时的扳指已不再用普通的材料做了，大多都是翠的。当时的日本妇女流行戴翠簪。日本商人到北京来买翠扳指，将翠扳指改制成翠簪头，镶在金钗上。

一个扳指从战场上退到闲人的手上，再转换到别国妇女的头上去，连起来想真有种世事沧桑、国运兴亡的感觉。不知现在日本的家藏首饰中是否还留有那样的翠簪花，如有，戴在头上，会不会听见嗡嗡的弓弦声。

齐如山先生《谈四角》中，有段写"西太后赏杨小楼扳指"的逸事，极为生动。这故事还没有在影视节目中见过，录下来也算是对扳指这件旧饰物加上一点别样的颜色吧。

一位升平署的太监跟我说过一件事，就很特别。他的谈话如下："一次杨嘉训（杨小楼）演完戏，佛爷高兴极了，对总管太监说，嘉训太好，叫他来，我要特别地赏赏他。总管即把嘉训带至佛爷面前，跪的地方离御座很近。佛爷说，你今天演得太好，我要特别赏赏你。嘉训叩一个头，说谢谢佛爷。佛爷伸着大拇指，指上戴着一个玉扳指，说你看这个扳指好不好，就赏了你吧。嘉训又叩了一个头，说谢佛爷。佛爷又说，赏了你吧。嘉训又叩头谢谢。如是者三次，而佛爷却不脱下来。看佛爷的意思，似乎是想嘉训亲手由佛爷手上脱下来，但嘉训他万万不敢。情形弄僵。后来总管说，佛爷赏奴才赏他吧，遂把扳指到手，交与嘉训，才算完事。"我拿这段话问过几位在宫里当差的老角。谭鑫培对我说，齐先生说这个干吗？陈德霖则说，确有其事。其余他角亦都说不假，足见是真的了。

真也好，假也好，并不必太认真，关键是杨小楼这样英俊的大武生，送扳指是最合适不过了。要送个镯子、戒指什么的，一是太明了，二就失了西太后对英雄气概尊崇的意思。还好，当时还有扳指这样的东西可送，戏若换到现在来，大概要送一条领带或一条皮带，那感觉和有尚武精神的扳指就没法比了。

男人现在已经没有什么特别的首饰，"首饰"这个词，先是越来越为女性所有，再就是首饰本身也多是女人的东西了。男人若真的要戴也就是戒指、项链，没有什么特别的。这是为什么，想不出来，也许世界对男人的要求已改变，男人对自己也有了另外的看法。不再尚武，更看重文明和智慧。

扳指这种饰物，最终没能再传下去，还有个原因是它不方便。你想，常在拇指上套着一个大玉环，对做事的人来说总是个累赘。

留下来的扳指已不能算作是首饰，该叫文物了。但我还是希望有些男士特别的饰物能被设计或发掘出来，哪怕仅仅为了让一个女人能有件可心的东西来送给男人这样一个小小的理由呢（我有个朋友，每过生日就收到领带，他女朋友说除了领带不知还有什么可以送给男人）。扳指没有了，像西太后那样的故事也就没有了。

依次读过的两本书

《袖口手记》

布尔加科夫的《袖口手记》分为八节，各设题目。有一节《医生奇遇》中的一件小事是这样的——

意大利手风琴

2 月 15 日

　　昨天开来了骑兵团，占据了整个街区。晚上第二骑兵连的一个当兵的来找我看病（肺气肿）。在候诊室排队时他拉起了一架很大的意大利手风琴。这位肺气肿患者拉得很精彩（《在满洲里山岗上》），可是病人们却十分厌烦，所以根本没法听下去。我没让他排队给他看了病。他很喜欢我的房子，想和排长搬到我这儿来住，问我有没有留声机……

药房二十分钟就给这位肺气肿患者配好了药，还没有收钱，说实话，这样做很得体。

……

带一件乐器去候诊，是一个好主意。这对医院的形象有所改变，我想不通那些病人为什么会厌烦。我大多数时是带一本书去，安静地坐着，等哪个护士叫错名字。她们叫的名字，错法各异，我能猜出那是在叫我。顶着另一个名字去见大夫，觉得是在帮一个不相干的人看病，有了种对病的无所谓。

布尔加科夫提到的这个患者，患的是肺气肿（在那么短的文字中，提到了三次肺气肿）。他的症状该是喘不过气，那架琴的风箱压在他的胸口上，像是能帮助他呼吸、歌唱？他给人的感觉不是来看病的，在诸多的候诊人中间他要么在慰问，要么在幸灾乐祸，但他确实有肺气肿。今后的日子里，我会因为"肺气肿"这个病名而想起意大利手风琴，经验是这样——个别的事件把遥远的两个名称联结了起来。这个名称的扩大和丰富，只为个人所有，它难以解释清楚。我们应该保留个别言辞的隐秘性，这是我们体会单独存在于世界上的一个办法，这种隐秘使我们的交谈有了深不可测的理由。

他是个骑兵，他热爱音乐，他得病了。假如这三点需要同时出现的话，大概场景是——他骑在马上（别着腰刀），拉着手风琴（用疯狂的轮指），去看病（肺气肿）。如果只是前两项结合——骑兵在马上拉手风琴，我们觉得他不该是去看大夫，应该是去看姑娘好像更合适些。你想想，一个骑着马拉着手风琴的人去看肺气肿，这样的肺气肿似乎过于欢乐了些。但生活就是这样，而我们有时对真实生活的要求是希望它稍假一点才好。

（写到这儿时，我被一个人的敲门声打断了，回来后什么也写不下去了。）

昨天傍晚，我翻看《牛津简明音乐词典》，"首调唱名法"旁边一条是"莫扎特"。那上面说"莫扎特的音乐表面上明朗欢乐，但骨子里却有一股阴暗忧郁的情绪"……

我不是个莫扎特专家，我也不是一部词典。我从骨子里不喜欢"表面……骨子里……"这种句式。我很后悔读到了这句话，这使我和莫扎特之间拉大了距离。我觉得如果受了这话的暗示，我大概要对付的东西就多了，我可能要分出一个七和弦的表面和骨子，我有可能要变成那种比音乐本身说得还要多的人。

谁不是一个表面欢乐、内心忧郁的人呢，或者说谁没这样干过。

布尔加科夫的《医生奇遇》，对恐惧的理解和我们寻常的理解不一样，这于多少年后的我更多的感受是好玩。这也许有作者的一小部分本意，也许我理解错了。这没关系，通过这本书我想起的好多事儿作者也不知道，没法告诉他。一个作者和读者间没什么伤害可言，就是理解错了也没有，只要不下"表面……骨子……"那类的断语就行。

我现在想起了刚被打断的话头——我一生都想做一个骑马拉着琴去看肺气肿的人。如果他说的那人是红军而不是白军的话，那就更没什么可犹豫的了。我想做一个以欢乐来面对疾病的人。

我是在一个大礼拜六的下午三点钟看完这部书的。写这书的布尔加科夫像是在凌空看着受苦受饿的当时的自己，他不是一个坐在沙发上讲述过去的圣者，他大概过了那种年龄，文学大概也过了那种年龄。

这本书还有两处吸引我，一处是在"汉卡尔峡谷"一则中，布尔加科夫引用的莱蒙托夫《哥萨克摇篮曲》中的几行诗：

……浊浪，可怕的车臣人来了，他正在磨他的刀剑。

这几行诗让我非常兴奋，我对"车臣"这两个字的组合永远觉得新鲜。

还有一处是条注解：

由于文学部被撤销，布尔加科夫于 1921 年 12 月 1 日被政治教育总部辞退。他领到的是当年通行的退职金——一箱火柴。

这两个小细节，使我能保持对布尔加科夫那个时代的想象。

《小偷日记》

需要叙述一下买《小偷日记》的过程。

那个书店没有几个书架，大多数书堆在地上，人在其间穿行挑拣非常方便。这套丛书的每一本封底都印着"国家'八五'计划重点图书"一行金字，我要说的是《小偷日记》后边也印着这行字。收钱的时候，那位小姐的语句语气如下："《小偷日记》？国家'八五'计划重点图书?!"是念出来的也是问出来的。无论如何，这两行字排在一起会不协调。我也认为这样的组合并不是那种最有说服力可以暗示或可以掩盖的组合。这个组合对一个买书的人也有影响，在小姐的问话中，我是一个打着"国家'八五'计划重点图书"的旗号，看《小偷日记》的人。这使我失去了原本有的付钱买东西时的愉悦和应得的尊重。我觉得买这样的一本欲盖弥彰的书让人有种说不清的气短。

　　我问小姐："写日记吗？"她说："从不！"我说："一个能写日记的小偷他肯定不凡。"她觉得这话也有道理。在很短的时间里，她把这本书归结到弃恶从善，浪子回头，"文革"中常见的后进变先进那类中去了。我和她在那个下午最终都很满意。

　　我不能对这本书的书名做任何的挑剔。

　　我想热内在灯下写下这书名时，既没有屈辱，也没有自豪，他对他的生活毫无怨言，也没有赞赏。这本书不是写给我看的，我在他的思索和冰冷面前永不存在。他看不起我有那么多的理由，他对我的生活视而不见，他对道德、爱情理解得那么新鲜，他流泪时，我只能在想象中得到哭泣。这不是一本拿到之后即可预料的书。

　　1960年的一个夏天，我从一位生人的手中接过了巧克力，我

253

吃它时感觉到苦和甜。它有一种遥远的感觉，含在嘴里它霸占你的整个身心，咽下去了，它也不属于你。它是从很远的地方来的，你不知道的阳光、地域、人的手。巧克力对我永远有远的感觉，它要使我变成什么？

甚至不能做一个阅读者，在《小偷日记》里，文学惯有的讲述和取悦都没有，热内的内视中没有阅读者。他身体的一半在出卖男色，偷盗，另一半在看，在思索。他之所以能写出这本书，或这部以前的书，是因为他恰好有一支笔一张纸，恰好他在监牢里有些多余的时间。他写了，因为有一半闲下来了，另一半要做点事。他把他实践的那一半看得更重些，否则不会在牢里写过长诗《死刑犯》、诗《秘密的歌》《诗集》、长篇小说《殡化》《布雷斯特凯雷多》《花之桑母》《玫瑰的奇迹》、戏剧《女仆》之后，出了狱还会犯法，并被判终身流放。

他不为任何人写书，他写书的主要原因是很多人不愿让他再去过想过的日子。这是这本书的动人之处。

我对这本书的惊讶还不仅在此。我曾想过很久，它是什么？为什么觉出了不同？是它展示的真实，已超出了我们意识中对真实划定的界限？它出圈了？我们对真实是有界限的，人们对难以启齿的真实从来隐瞒着，我们可以顶着虚假的名声去获取光荣。在赤裸裸的真实面前，我们惯常的举动是张皇，不知所措。

我没有特别注意那些相反的东西——偷东西、同性恋、背叛朋友，这些并不是这本书的关键，关键是他的真实和他对读者的无视。他没有让这本书的正面对着你，他为自己写着这本书。这使每一个读者觉出了陌生，也减轻了面对这些残酷生活的负担。热内的仁慈在此。

热内在以下的一段话中企图给我们以最大的安慰：

"但是，请不要误解我的意图。我并非要实践一种不幸的哲学，其实恰好相反。监狱——这个世界上和精神上的地方——将会带给我远比你们世界的荣誉和祭典更多的喜悦。但我将追求后者。我祈求着你们的认识，祈求着从你们那儿接受加冕仪式。"

读完整本书之后，觉得这段话的后两句并不真实，也许是反话，热内的激情，他在书中的孤寂和"英雄色彩"可以看出他对"你们"的蔑视。

最好的证据是，他在狱中先后写出了以上提到的那么多作品之后，又会再次触犯刑律，被判终身流放。他从来没有认真地"祈求着你们的认识"，接受"加冕仪式"。即使在你们加冕之后（热内的《女仆》曾获七星诗社奖），他依旧会说"我在天空中继续着旅行"。这本书的力量其实恰恰在此，他不要认识和什么理解。

假如我们要给世界上的文学作品分类的话，《小偷日记》该单独拿出来放在另一个地方，它会让很多人觉得默默无语，不知所措。

热内已经预见了很多："我无意让这部作品成为一件艺术品，即把它和作家及现实世界分离开来。假如我配得上这本书，它将赐给我充满屈辱的光荣……"

在写完书了之后，还会说出这么清醒的话，他压根就没把你看成是个读者，这一点让我的孤寂慢慢变成了绝望。

一首诗引出的杂想

　　家具就像是动物模型。你可以看见餐桌与椅子，像公牛站在母牛的身旁。或者安闲的椅子与脚凳站在一起，就像母牛和它的幼犊……

　　它们过着一种生活，仿佛是一个精神世界，这世界被重叠，忘却另一个世界。

　　月光中，这些动物软化并重新开始其生活，啃着地毯；如我们在楼上熟睡于我们的梦中，就重新开始我们的生活；重叠而又忘却另一种生活……

　　读埃德森的这首诗时，我坐在地铁上，车到了郊外，车厢里的人已经不多了。我第一次读这首诗，它唤起了我的一些想象。在嘈杂的人群中，我想起了一些曾属于我的家具，它们有的消失了，有的还在……

　　我结婚时，这个城市有很多人也正要结婚。总能看到楼下有人在打家具，家具店的床或柜子都要票证，家具是结婚的一个附属条件。大家对家具的理解，好像就是对新生活的理解。那时流行做家具，一个会锯会刨的人，被人看成对生活最有创造力的人。对家具的渴求与期望，造就了一些三流或不入流的木匠。我便是其中的一个。我一生做过的两件家具，一件是两只非常宽大的沙发，一件是个音箱。这两样东西，前者已从我的生活中退出去了，我只能凭想象来回忆它。我非常怀恋那时我对生活的积极态度。从找木料开始，到最后的油漆，我花费了很多的心思和力气，那个过程是对一个人准备结婚的考验。

当我把那对沙发做成了的时候，我几乎不敢去坐它，它可真像是个易碎的梦。从无到有，它像是《木偶奇遇记》中的匹诺曹，我给了它生命。它将是我们家中的一员，和我一起生活，注视我，分担我的疲劳、快乐。关键这东西不是买来的，是我手上的茧子和头上的汗换来的，它消耗过我的生命，它几乎是我生命的一部分。我坚信，别人坐它的感觉，和我坐不一样。它给我的亲切和温暖也是独有的。

但这并不能使它永远不老。几年之后，它破了，弹簧松了，它在角落里，像一个蹲着咳嗽的老人。再坐时，你会听见一声呻吟。你从对面镜子里看着它，和坐在它上边的你。你有了十二分的不忍，你从它的身上看到青春的易逝，你想从那上边跳起来，把那面真实的镜子翻过去。你觉得这沙发此时带给你一点心酸、疼痛。

再搬家的时候，你先想到，把这对沙发处理了。扔或卖，再或送人，你选了后者。你必须说服一个人来接收它，这不容易，像说服一个人去接收你的过去一样。这人还是被找到了，他像个大夫一样地查看了木料和弹簧，然后，搬走了。你看着他们下楼时，心里有几分轻松，也有几分怀恋。

搬家后，你买了一套新的沙发，那东西新鲜、艳丽、陌生。坐着很硬，你在那一刻觉出了生活在改变。这个新的成员，它偶然地来了，不是你亲手做的，不知道它是否会爱你或被你爱。它和你都需要时间。你在那一刻曾想起过那对老沙发，想起坐在那上边看报纸的情景，不知它现在怎么样了。这时你手上已经没有了茧子，疼痛消失了。你发现自己也近乎是一个喜新厌旧的人，你对自己的这一点很看不起。

埃德森的那首诗叫《世界的重叠》。我想起那对老沙发，它把我和我朋友的世界也重叠起来了——我在想它的时候，他也许正坐在它上边看书。世界在重叠中变得复杂。

我应该选个日子，去朋友家看看。再坐上去的感觉会是什么样，也许会觉出生活本身的重叠，旧日子全回来了。我们一生中能觉出改变的时刻其实不多。

图书在版编目（CIP）数据

爱也不易／邹静之著. —— 北京：中国文史出版社，
2021.1

（中国专业作家作品典藏文库·邹静之卷）

ISBN 978 - 7 - 5205 - 2251 - 9

Ⅰ．①爱… Ⅱ．①邹… Ⅲ．①散文集 - 中国 - 当代
Ⅳ．①I267

中国版本图书馆 CIP 数据核字（2020）第 172506 号

责任编辑：牟国煜　薛未未

出版发行：**中国文史出版社**

社　　　址：北京市海淀区西八里庄路 69 号院　　邮编：100142

电　　　话：010 - 81136606　81136602　81136603（发行部）

传　　　真：010 - 81136655

印　　　装：北京新华印刷有限公司

经　　　销：全国新华书店

开　　　本：720 × 1020　1/16

印　　　张：17　　　　字数：175 千字

版　　　次：2021 年 1 月第 1 版

印　　　次：2021 年 1 月第 1 次印刷

定　　　价：59.80 元